夜よりも大きい

小野正嗣

リトルモア

[illegible]大奉行

小[illegible]編

夜よりも大きい

真夜中になると泣き声が聞こえてきた。夜の闇はぴったりと閉じられていた。そう見えるだけで、いろんなところに傷口が走っていた。そこからすすり泣く声がこぼれてくるのだと思う。夜そのものが泣いているようだった。泣く声は、小さな虫のように増えていった。でも埋め尽くすには夜は広すぎた。押し殺されるほど闇は重くなかった。泣き声は不安そうに、さみしそうに群れかたまって傷口から離れようとしなかった。それを散らそうと指をそっと伸ばした。かすかに震えが感じられた。指の腹が光っていた。涙をぬぐったように濡れていた。

真夜中になると風がやんだように思えるのは、これから夜を震わせることになる泣き声がすでに耳のなかを満たしているからだ。わたし自身もまたその泣き声を待ちかまえているからだ。鼓膜は一瞬先にしか起こらないことをすでに思い出しているかのようだった。思い出すことで、思い出しているのだから、それはとっくのとうに、ずっと昔に起こったことなのだ、記憶のなかにしか存在しないことなのだと言い聞かせることができる。耳にしていることはもう過去の出来事であり、少なくともいまは存在していないのだと。ところが、そのいまは一瞬のうちに過去になり、記憶そのものは決してなくなることはなく、そのために夜は震えつづけなければならないのだった。

真夜中近くになると、大きな真空が生じる。いたるところで空気が、小さな胸に吸い込まれるからだ。だから息苦しい。その一瞬だけ、世界を包む酸素の総量がわずかだけれど減る。子供たちには理解できなくてもわかっている。昼のあいだは忘れることができたものがやって来るのが。それが来る、と思った瞬間、体がかたくこわばり、息が止まる。真空が生じる。すべてが吸い込まれ、すべてが消える。その一瞬、現われる。日の光を避けるように子供たちの奥に潜んでいた何かが。畑や部屋のなかを駆け回る子供たちを捕まえようとしては、そのとめどなく揺れ動く手足の折れ目にもみくちゃにされ、笑顔や泣き顔を作る口や目のまわりのしわに押し戻されていた何かが。それが夜よりも暗くて大きいものだなんて、子供たちにはわからなかっただろう。決して夜とは区別がつかなかっただろう。それが子供たちについに追いつく。泣いたって無駄だ。振りほどこうと子供たちは泣く。風は本当にやんでいたのかもしれない。

まわりの林からふくろうの声がした。ずっと起きてくれているものがいる——だからといって、子供たちは安心できないようだった。あなたたちが寝ているあいだも、夜にすっぽりと包み隠された世界にずっと目を光らせてくれている者がいる。たとえ眠りのなかに、もしかしたら眠りの外に、ふらふらっとさまよい出たとしても、世界そのものがその眠らないまなざしのなかにあることに変わりはない。あなたたちは忘れられていない。絶対に忘れられたわけじゃない。子供たちにそう教えてあげたいと思った。

だから、どうしても眠れないと言う子供たちを連れて林のなかに入り、ふくろうを探した。闇のなかにきらりと光るものがないのは、ふくろうがぐるりと頭を向こうにそむけているから。ぐるり、ねじが巻き戻され、またすぐに光は戻ってくるはず。

ランプを手にぶら下げたわたしの背後に、子供たちが一列になって続いた。もしかすると、わたしが子供たちをホームから連れ出し、林の奥に捨てに行こうとしているように見えたのかもしれない。道のはたで、丈の短い古い外套の襟を立て、きゅうくつそうに背中を丸め、たばこを吸っていた猪首《いくび》のエトー父の顔にはどことなく不審そうな表情が浮かんでいた。わたしがランプをかざすと、まぶしいのか、目を細めて、指のあいだにたばこを挟んだ手を額にかざした。

わたしは尋ねた。

「今晩はエトーさんが見張りの当番？」

なのに返事はなかった。エトー父を照らすランプの光のなかで煙がよじれながら広がっていった。疑念が煙となってエトー父の頭から漏れていた。

「こうもりを見せてあげようと思って」とわたしは言った。

わたしたちは門からまっすぐに伸びる道から離れ、林へと向かう小道を取った。あたりの闇から緊張が解けて、星々が目をしばたたかせていた。焦点が合わないのか、しきりにまたたいている。葉を落とした枝のあいだをふたたび風が行き来しはじめた。でもそこに犬たちの遠吠えが混じるまでには時間がかかった。足下では、ざっくざっくと枯れ葉を踏みしめる音がしだいに耳につくようになった。道を遮る大きな石の塊をどかそうとするように、ふくろうの声が冷たい沈黙を押していた。石がずれて、うしろから声がした。

「さっきどうしてあんなうそをついたの？」

わたしは立ちどまった。

「だって」と、さっきとはちがう、もっと幼い声が続けた。「あたしたちが探しているのはこうもりじゃないよ。そうでしょ？」

振り返ってランプをかざすと、弱々しい光が照らし出す範囲から子供たちの作る列ははみ出していた。出発する前に、子供たちの数は確かめていたはずだ。なのに、ランプの光の届かないところ、闇に隠されて見えないのが、どの子なのか、どの子たちなのか、すぐには思い出せなかった。

「ほうら」と、得意げな、たぶんそれだけに悲しそうな声がした。「こうやってあたしたちは忘れられるの」

「ほら、見て」

わたしはランプを頭上にかかげて言った。

枯れ枝のあいだにずっしりとしたふくろうが浮かび上がった。

「寒そうね」とわたしは顔を傾けたまま言った。ふくろうはいかにもふくろうらしく首をちぢこまらせていた。もう星は見えなかった。空はきっと厚い雲に覆われていたのだろう。ふくろうの目がしっかりと閉じられていたために、夜を閉じ込める闇の表面に穴を開けてくれるものがなかった。

「ほうらね」と誰かが非難するような口ぶりでつぶやいた。「やっぱり起きてなんかいないじゃない」

「見てくれてなんかないのよ」とまた別の声が吐き捨てるように言った。

「誰も」

「何も」

わたしは頭上にかかげたランプを揺らした。ふくろうは目を開けてくれなかった。風が吹いたのかもしれない。それとも強く揺さぶりすぎたのか。スイッチのつまみをひねるように、くいっとふくろうが顔をそむけたからだろうか。ランプの炎が消えた。大きな羽音が聞こえたかと思うと、暗闇の網がばさっとわたしたちの上に投げかけられていた。がんじがらめにされてもう動けなかった。

「ほうらね」と誰かが言った。その声は怒っていた。震えていた。でもあとが続かなかった。それだけ言うのが精いっぱいだった。すすり泣きが聞こえはじめた。

真夜中になると聞こえてくるすすり泣きで目覚め、その出どころを探して建物のなかを歩くのがわたしの日課になっていた。ホームでは午後九時半が子供たちの消灯の時間だった。わたしは自室に戻ると、読書をし、ノートに気になった文章を書き写し、わたしなりの感想を書いた。日付は入れなかった。その日に起こったこと、思いついたことを書いた。その日に起こらなかったけれど、かつて起こったかもしれないしこれから起こるかもしれないことについて書こうとしたけれど、何も思いつかなかった。現実であれ本のなかであれ、特筆すべきようなことにはそうめったやたらと出会えるものではない。がらんとしてひとけのない大きな道の脇にある、どの葉をとっても土ぼこりで汚れた木の下で、誰かがやって来るのをじっと待ちながら、待ちわびながらも、でも来なければ来なくてもかまわないし、誰も来なければいいのにと心の片隅で望んでもいた。ノートには起こればいいなあと願うことは書かないようにしていた。だいたいどんなことでもはじめのころは慣れるまでに時間がかかる。ブナ材でできた、小さいけれどがんじょうな机に向かってノートを開くところまでなかなか行かなかった。ベッドに腰かけていたはずなのに、本の頁のあいだに指を挟んだままベッドの上にそのまま倒れ込んで眠っていることに、雨音のように部屋を満たしているすすり泣きに起こされて気がつくのだった。そのうち、そのこと自体が習慣のようになる。わたしは服も着替えずにベッドに突っ伏している。泣き声が濁ったまどろみの表面を途切れることなく打っている――むしろ泣き声を子守唄にして、深い眠りに沈んでいこうとしているようだった。指を甘嚙みする本の頁を開き、読んでみる。けれど、たいていの場合どんな話だったのか思い出せなかった。読んでいたのがその頁だったのかどうかも覚えていなかった。本のタイトルを見ても著者の名前を見ても、何ひとつ思い出せないときには、空恐ろしくなった――でもすぐに慣れる。いったいどこからその本を取ってきたのか。どうして選んだのだろう。たぶん選んでなんかいないのだ。子供たちが娯楽室の床いっぱいに散らかした本を拾い集めて本棚にしまうとき（自分たちで片づけさせなさいとは言われてはいたのだけれど）、そのまま部屋に持ち帰っただけなのかもしれない。あるいは、誰かがわたしの机に置いていった、ただ置き忘れた本を何気なく手に取っただけなのか。翌朝になって、ノートを開き、ぱらぱらとめくってみる。どの頁も文字が書きつけられている。そこに書かれている文章は、日付がないために、いつ書いたものだかわからない。そのうえ、ひどく読みづらい。書き損じばかり。そこかしこで線が踊りくるっている。うとうとしながら書いたからだろうか。それとも誰かが、子供たちの誰かがすすり泣きといっしょにこっそりとわたしの部屋に忍び込んできたのだろうか。想像してほしい。眠れずに苦しむその子のかたわらで、すうすうと心地よさそうに寝息を立てているわたし。そのことにひどく腹を立てて、机の上に見つけたペンを握りしめ、言葉にはならない怒り、言葉にしようにも言葉が足りずそれだけにかき立てられる腹立たしさをぐじゃぐじゃぐじゃと書きなぐる小さな子供。その子が立ち去るのを廊下の曲がり角から見届けてから、忍び足でわたしの部屋に入ってくるまた別の子供。そしてまた別の子供。入れ替わり立ち替わり途絶えることのない足音は夜に押し潰されて、わたしの眠りのなかにまでは入ってこられない。でもそれだけではない。頁をめくる。さらにまためくる。明らかに同じひとりの手になる、息苦しくなるほどぎっちりとつまった文字が熱帯林のように繁茂する頁が続く。かと思えば、いきなり文字がばらけはじめ、書き損じや途中で途切れた文がぽつりぽつりと浮かんでは沈む、すかすかの黄ばんだ頁が続く。そこになんとか判読できる文章があったとしても、わたしの書いたものだとは思えなかった。あまりに稚拙に思える文字ばかりだったからだ。たぶんそのために、子供たちが書いたのではないかと疑うようになっていたのだ。しかし、それはよくない！　よくない！　夜になると子供たちがベッドから這い出してきて、わたしの部屋に忍び込んでくるのではないかとうたぐるなんて。いいえ、そんなことを考えてはいけない！　絶対にいけない！　そこでノートの文章のすべてを書いたのがわたしだということを疑念の余地のない事実とするために、わたしは夜ごとに机については、本を開き、読み、一文字も理解できなければ読むふりをし、ノートに何かを書きつけている自分の姿を想像することにした。夢にも見ることを望んだ。でも何を読んでいるのか、そして何を書いているのかまでは想像することができなかった。眠っているあいだも、夢のなかでも、本を読み、文字をノートに書きつけるために、机の上に置いたランプの火が絶やされてはいけなかった。そのこともまたわたしにとって都合がよかった。なぜなら、もしも光の届かない闇の奥からすすり泣く声が聞こえてきたら、手を伸ばしてその点灯したままのランプを取ればよいだけだから。そうして、わたしは部屋から出た。足下をぼうっと照らす外縁を震わせた光のなかに、ぽつりぽつりと血のしずくのような足あとを残していく泣き声を追いかけた。

ある日、泣き声はわたしを地下室に導いた。朽ちかけた木の階段がぎしぎしと鳴った。ほのかに湿り気を帯びた空気はカビと土の匂いがした。じゃがいもの袋を入れておくための大きな木箱が目の前にあった。それは闇の泥になかばうずもれる座礁した小舟のようだった。びくともしないように見えて、それでいて揺れていた。泣き声が小舟を引っぱり出そうとしていたからだ。しかし小舟は水に戻ることができなかった。わたしは手にかざしたランプを上下左右に揺らし、小舟に食いついて放そうとしない闇を追い払おうとした。闇を激しく揺さぶって小舟を吐き出させようとした。泣き声はますます大きくなっていった。小舟を押し出し、どこかに行かせようとしていた。小舟に乗った小さな女の子は、そうやって小舟に乗せた自分を、どこかに流そうとしていた。なぜなら、泣き声は自分自身をひき裂こうとしていたからだ。押し寄せてくる外の闇に呼応して、体のなかから闇が頭をもたげてくる。外と内から闇にのみ込まれて、完全に自分というものがなくなる。その闇の逆巻く渦の発する音が泣き声だった。

「出して、出して、お願いだから」

女の子が泣き叫んでいた。絶望に追い立てられた小さなはだしの足が木箱の底をばたばたと叩いていた。

「ここから出して」

わたしはランプを床に置くと、木箱の小舟を満たす暗がりのなかを覗き込んだ。

「出して、出して、お願いだから」

わたしはルウルウを木箱から引っぱり上げた。ぎゅうっと強く胸に抱きしめた。人形のように軽かった。

それでもしゃくり上げる苦しそうなきれぎれの声は——それはまぎれもなくルウルウの声だったけれど、息が吸い込まれる瞬間に生じる沈黙は、あたかも彼女のなかには同時にたくさんの者たちがひしめいて、そうした者たちの声からできているようでもあった——まだ言いつづけた。

「出して、出して」

小さな背中と胸が壊れてしまいそうなほど揺れていた波が時間をかけておさまっていった。わたしはルウルウを抱いたまま、膝を曲げて、片手でランプを取った。それをわたしたちの顔に近づけた。わたしの肩口にルウルウは顔をうずめていた。まだ泣いていた。

「もうだいじょうぶ」とわたしは彼女の耳元にささやいた。

それから階段をのぼって地下室をあとにした。

「どうして……?」とルウルウはようやく言った。もうそれは間違いなくわたしの知っているルウルウの声だった。

わたしが黙っていると、ルウルウは顔を上げた。ふだんは額にきれいな直線を描く前髪がくしゃくしゃになっていた。わたしを見上げる瞳はしっとり潤み、長いまつげは濡れてたがいにくっつき濃さを増し、ただでさえ大きすぎる目がさらに大きく見えた。

「どうしてあたしをあんなところに置いていったの？」

栄養状態が悪いせいで、その年齢にしては小柄でやせた五歳の女の子はもちろんのことルウルウなどという名前ではなかった。でも、ホームの子供たちのなかに本当の名前で呼ばれている子は一人もいなかったし、それを言えば、ホームを管理し、ここで働く大人たちだって本名を名乗っている人は誰もいなかった。あのエトー父だって、そう名乗ったから、そのとおりに呼ばれているだけの話だった。ときどき代わりにやって来る、彼に似ても似つかない息子は、カトー息子と呼ばれている。カトーです。そう名乗ったからだ。そして彼は自分のことをエトー父の息子だと言い、エトー父はそのことを否定も肯定もしなかった。母方の姓を名乗っていただけなのかもしれない。本当に二人が父と息子なのかはわからない。彼らが本当に農夫なのかもわからない。ホームの子供たちが農作業をしに行く畑のひとつは本当に彼のものだったのだろうか。「きょうはエトー父の畑でじゃがいも掘りだよ」とわたし自身が子供たちに言っていた。子供たちは一列になってわたしのあとに続く。わたしたちのあとを追うまなざしにはすでに疑いがしみ込んではいなかったか。ホームの庭をはね回りながら、シジュウカラがちらちらとわたしたちを見ている。ポプラの並木道では、腰のうしろに手をまわして前かがみに散策する哲学者のようなカササギが、わたしたちを背後から遠巻きに見ながら、好奇心を黒い翼の下に押し隠しているのがわかる。わたしがさっと振り返ると、そこに鳥の姿はなく、カカカッと金属的な嘲笑がわたしたちの頭上に降りそそがれる。子供たちが怯えている。だいじょうぶ、わたしがにらんでいるのはあなたたちじゃない。ちがう、ちがう、わたしがにらみつけているのはあなたたちじゃないのよ。そう言ってもわからない。いくら言ってもわかってもらえない。カカカッ。カカッ。表情だけでなく体もまた硬直した子供たちにはわたしの声がもう聞こえていない。カカカッ。手に握ったくるみとくるみをこすりあわせるようなけたたましい笑い声が頭蓋骨を叩く。カカカッ。くるみがこすりつけられているのは、わたしの頭だ。わたしの手はスカートのポケットのなかにくるみを探す。なかで何かがもがき苦しんでいるかのようにしわがうごめく。その動きに子供たちがますます怯える。顔の線が崩れ、泣き出す子もいる。カカカッ。でも頭蓋骨にこすりつけられるくるみの音が頭のなかに響いて、くるみも頭も割れそうなほど痛い。カカカッ。あまりの痛さにわたしの顔は醜くゆがむ。眉間にしわも寄る。目つきだってさぞかし悪くなったことだろう。子供たちが怯えるのも泣き出すのも仕方がない。カカカッ。そして、エトー父の飼い犬（あるいはカトー息子のものだったのだろうか）のトビーが、畑の前を通りすぎていくわたしたちを見ている。十五歳になるという白と茶のぶちのトビーは、冬なら日なたで、夏なら木陰で、体を丸めて、鼻先を股間のあたりに突っ込んでいる。もう鼻がきかないからそんなことをしているのかもしれない。そこだったらきかなくなった鼻でもまだ匂いを感じることができるだろうから。その鼻をわたしたちのほうにもたげ、くんくんさせている。そしてトビーを足下にしたがえて古い木の椅子に腰かけて、一列になったわたしたちを見つめる畑の持ち主のエトー父のまなざし。そこにはすでに不安のしみがついていなかっただろうか。わたしが子供たちを連れて行った畑は、本当にエトー父のものだったのだろうか。あるいはカトー息子のものだったのだろうか。カトー息子はどんなまなざしでわたしたちを、わたしを見ていたのだろうか。そこにも見まがいようのない疑いや不安や恐れがあったとしたら、それはきっとわたしが欲しかったからではないだろうか。そうだ、欲しかったのだ。でもわたしは彼の欲望をそそるような態度を取ったのだろうか。必要以上に彼としゃべったことはなかった。彼がわたしに話しかけてくることもなかった。わたしに対して、彼も、彼の父だというエトー父も余計なことは言わなかった。でも彼は決して無口だったわけではない。村の郵便局まで行ったときだ。たまたまそこに来ていたカトー息子が、ほかの客が、少なくともわたしが、待っていることなどおかまいなしに局員の娘と、ぺちゃくちゃとしゃべっているのに出くわしたことがある。牛乳瓶の底のようなレンズの下に、牛のような目をして、しゃべるときは牛が草をはむように口を動かし、牛のような大きなおっぱいをして、座っているのに草原に寝そべった牛のように見える彼女からは、いつも乳の、人間の母乳の匂いがした。切手を渡し、おつりの小銭を返す手は一見人間の手だったけれど、それが本当は牛のひづめであることがわたしにはすぐにわかった。わかっていたけれど、わかっていたからこそ、見て見ぬふりをしなければならなかった。そして、おつりが間違っているのはわかっていたけれど、それもしょっちゅう間違っていたけれど、小銭でもお札でもそんな手では数え直すのはきっとたいへんだろうからと、わたしは何も言わなかった。郵便局は夏の昼下がりだったこともあって、がらんとしていた。おなかの重たそうな蠅が飛びかう郵便局の室内には、牛むすめの局員を除けば、客はカトー息子とわたしだけだった。牛の糞の匂いがたち込めていた。本物の色なのか、牛むすめの量の少ない輝く金色の髪の下から、ぬっと横に突き出た翼のような牛の耳が、蠅がとまるたびに、ぱたぱたと動いていた。見て見ぬふりをした。そうするしかなかった。わたしは何も言えなかった。わたしがうしろで待っていることを、カトー息子が自分で気づくまでわたしは黙って待っていた。物音を立てないよう身じろぎひとつしなかった。二人の話の内容が気になったからではない。カトー息子の陽気な笑い声が勢いよく白い壁に響いていた。蠅でも追い払うように彼が手をしきりに動かしながら何かを言うたびに、前かがみになって、視線をそらし、わたしは笑いをこらえなければならなかった。それなのに、視界の真ん中へと押しいってくる牛むすめときたら誰にも気がねすることなく、巨体を波打たせ、わっさわっさと乳房を揺さぶっていた。静脈が透きとおった大理石のような白い肌をほんのりと赤く染めて、笑い声とも悲鳴とも嗚咽ともつかない音を漏らしていた。その音のせいで、壁にひびが入り、しっくいがぽろぽろとはがれてきそうだった。乳の匂いがますます濃くなった。鼻を押さえて口で息をするしかなかった。すると口から乳が流れ込んできた。それは生ぬるくて濃かった。かまわずわたしのなかに入りつづけた。気のきかない牛むすめはわたしが見えているのに、話すのをやめなかった。いや、目が悪いので見えなかったのかもしれない。牛のようにのろくさいので、話を終えるのにも理解するのにも人一倍時間がかかるのかもしれない。振り返ってわたしに気がついたとき、カトー息子は心底驚いたようだった。急に黙りこくったのは、ばつが悪かったからだろうか。そらした彼の目のなかに濁った光がゆらゆらと沼の底のうなぎのようにいやらしそうにうごめいているのが見えた。いいえ、気のせいではなかったと思う。わたしの気をひこうとして、牛むすめとあんなにも楽しそうに話していたのかもしれない。それとも、単にわたし自身のいじましい欲望が彼の瞳に映っていただけなのだろうか。ちがうと思う。なぜなら、わたしを見るときに、いつも彼がわたしを欲しがっているのがわかったからだ。わたしが子供たちといっしょにいる姿を、子供たちにいつもほほえみかけ、ときたま、ときどき、しょっちゅう声を上げ、子供たちに触れる——撫でたり、抱きしめたり、頬をすり寄せたりする姿を、彼が燃えているようで濡れたまなざしで見つめていることをわたしは知っていた。わたしの、子供たちといっしょにいるわたしの、何が彼を欲情させるのだろうか。彼は父親のエトーレ父の代わりにホームにやって来た。あの似ても似つかない二人は本当はここで何をしているのだろうか。もしかしたら、わたしにはわからないだけで、本当は二人はそっくりなのだろうか。

二階にあるわたしの部屋は裏庭に面していた。裏庭といっても木の柵などで囲まれているわけではない。晴れた日には張り渡された縄に子供たちの夜を包む何枚ものシーツが干され、それらを丘のゆるやかな傾斜に沿って上ってきたあたたかい風が誰にも何にも邪魔されることなくふくらませている。日の光にきらきらと輝いて、まるで小魚の群れのような葉を茂らせる数本のポプラの木が作る高い孤立した壁が、何にも守られることなく、そして何かを守るわけでもなく、ただ立っている。空が鳴る。空の底に穴があき、空気を抜いていくような音が響き渡る。だから息苦しくなるのは真夜中だけじゃない。飛行機を探す。こんな場所に興味を持つ飛行機はない。そう思うとほっとする。と同時にさみしいような気もする。それから視線はホームから丘をゆるやかに下りながら、ところどころに点在する緑に囲まれた集落の建物の屋根やガラスのきらめき——まるで集落のひとつひとつがわたしに向けて秘密の合図を送っているかのようだった——に誘惑されながらもそれを拒み、遠く、かすんだ空の下にどこまでも広がる暗い海のような林に吸い込まれる。

でもいまは、重さを取り戻した真夜中によってたわんだ物干し縄が、どこからともなく現われた風にもてあそばれている。建物からそれほど離れていない場所に、エトー父がぽつんと立っているのが見えた。

彼と会うとわたしは訊いた。

「今晩はエトーさんが見張りの当番？　息子さんは？」

そのくらいなら尋ねてもかまわないと思った。でも、エトー父は返事をしなかった。不審げなまなざしでわたしを見返すだけだった。まるでホームを警備しているのではなくて、ホームそのものを、そのスタッフの一員であるわたしと、ここに住む子供たちのすべてを見張っているかのようだった。いいえ、もっと単純なことなのかもしれない。返事をしなかったのは、彼がエトー父ではなかったからだ。ありえない話ではない。エトー父が子供たちの本当の名前を知らないように、わたしたちもまた彼の本当の名前を知らないのだから。エトー父は真夜中近くになると、自分の本当の名前を思い出すのかもしれない。あるいは、あの丈の短い黒い外套を身にまとうように別の名前を身につけなければならなかったのかもしれない。

エトー父の手にはシャベルが握られていた。シャベルの刃を地面に突き刺し、片足を乗せて、わたしのほうを見ていた。わたしはやはり尋ねた。

「今晩はエトーさんが見張りの当番？　息子さんは？」

エトー父の頭が少し動いたような気がした。それが返事なのかはわからなかった。ルウルウを腕に抱いたわたしから探るようなまなざしを離さなかった。まるでわたしがこの小さな女の子をさらってどこかに連れ出そうとしているかのようだった。ほかにも子供はいた。たくさんいた。もっとおとなしい子も、もっと聞き分けのよい子もいた。もっと元気な子も、もっともっと悲しそうな子もいた。わたしが真夜中に林の奥に連れて行く子供たちはいくらでもいたし、これからいくらでも増えることだろう。でも、わたしは何も言わなかった。エトー父が何も言わないのだから、わたしが何かを言う必要はなかった。何を言っても言い訳めいて聞こえただろう。そして何を言おうが言い訳にしかならないから、わたしは言った。

「ふくろうを見せてあげようと思って」

エトー父は何も言わなかった。

しばらくたってから林へと続く道を歩いていると、声が聞こえた。ルウルウのものだった。そう思った。でもよくわからない。ルウルウはわたしの腕のなかにいて、わたしの胸にぴったりと顔を押しあてていた。そのために、声はわたし自身のもののようにも聞こえたからだ。心のなかの声が本当はどんな声なのか、現実に耳にしたことはないのでわたしは知らない。心のなかで発せられる声は、わたしの口から発せられる声とは似ても似つかないものなのかもしれない。部屋の机の上に置かれたノートに残された文章を読んでも、それがとてもわたしのものだとは思えないように。ルウルウの声がわたしの心のなかの声ではないと言いきれなかった。

「誰の声？」

葉を落とした木々を溶かし込んだ夜の闇に向かって、わたしは実際にそう言った。そして今度はもう一度、暗いのか明るいのかよくわからないわたしのなかで、同じことをくり返してみた。

誰の声？

ふたつの声が同じものかどうかはそれでもやっぱりわからなかった。頭のなかなのか心のなかなのかどこだかよくわからない場所に消えたものを、わたしの口から発せられ、梢にわずかに残った茶色い葉のどれかをたぶん震わせて、目の前にある夜のなかにまぎれて消えた声と同じように声と呼べるのか、よくわからなかった。ノートのなかの文章のように、誰かの言葉をわたしは写しているだけなのかもしれない。ただそれを書き写したのが、本当に自分なのかどうかも覚えていなかった。何かを伝えようとしているのか、それともただ、そこにあることを見てほしい、視線を、注意を向けてほしいだけなのか、黄ばんだ頁の上で、ときには力いっぱい、ときには力なく、こっちでは激しく、あっちではだらしなく、身をよじらせくねらせ、伸びたり縮んだりしながら踊る線を見ていると、いじらしくなってきて、いとおしくなってきて、それらはみなわたしのものだと言いたくなった。

声が尋ねた。

「どうしてあんなうそを言ったの？」

わたしは立ちどまった。わたしはその声に聞きおぼえがあった。

「じゃあ、あなただったのね」とわたしはほっとして胸元にささやいた。「あのときも同じことをきいたわよね？」

「ちがう。あたしじゃないよ」

「あなたじゃなかったの？　じゃあ、誰だったの？」とわたしは驚いて、でもやはりささやくように尋ねた。

「あの子はランプの光の届かないほうにいたから……」

それから声は途絶え、真夜中になると聞こえてくるあのすすり泣きがゆっくりと夜を満たしていった。震える夜も震える小さな体もわたしは感じていた。そして聞こえた。問いかけられているのはわかっていた。

「どうしてあんなところに置いていったの？」

風がやみ、ふくろうが鳴いた。足の下で枯れ葉が鳴っていた。湿った冷たい空気が夜を慰めようとしていた。落ち着かせようとしていた。でも、わたしたちは何も言わず林のなかを歩きつづけた。

たぶん台所だと思うけれど、蟻たちが列になって進んでいた。テーブルの脚を登り、その縁をたどり、対角線上に位置する別の脚にたどり着くと、それをつたって再び床に降り、どこかに向かっていた。テーブルの下に、たとえば水たまりがあって、水たまりじゃなくても、人だか動物だかの死んだ体があって、そこから血だか血も混じった汁だかがにじみ出して床板を濡らしていたというのなら話はわかる。蟻たちはいわばそうした暗い海に進路を遮断されて、テーブルの下をまっすぐに突っ切ることはできず、反対側に行くために仕方なくテーブルを橋代わりにすることを余儀なくされ遠回りせざるをえなかったということになるのだろうから。蟻たちが重力なんかまるで関係ないみたいに背中を床に向けた姿勢でテーブルの縁をすいすい歩いていき、脚を滑らせて落ちるのが一匹もいないのには驚いた。テーブルの上には、パン屑が散らばり、こぼれたスープがしみを作っていたし、皿のなかには、薄くスライスしたニンニクといっしょに炒めたさやえんどうとか、たぶんソースをぬぐい取って食べようとしたのがそのままになったパンのかけらが残っていたにもかかわらず、つまりそうした誘惑にもかかわらず、蟻たちが文字通り一糸乱れぬ隊列を維持し、いやしさに負けて秩序を乱すものが一匹もいないのは不思議というかなんだか気味が悪かった。ひょっとすると、蟻たちが向かう先には、人間どものみすぼらしい食い残しなどとは比較にならない、もっと途方もないご馳走があるのだろうか。それなら、どうしてわざわざテーブルの脚を登り、別の脚から降りるなんてまどろっこしいことをしなければならないのか。テーブルの下には、蟻たちの行軍を邪魔するようなものは何もなかった。たしかに、そこにはしゃがんだ小さな体がぶるぶると震えていて、その下には、小便なのか血なのか水たまりのようなものができていた。でもたいした広がりではなく、汚らしい液体に触れるのはごめんだとしても、それを避けるためにテーブルの上までわざわざよじ登る必要はなく、ちょっと迂回すれば事足りる程度のものだった。少なくともそう見えた。テーブルの脚にすがりついてぶるぶると震える手の上を、すでにそこはすり傷、切り傷だらけで蟻たちが歯を立てれば巣に持ち帰るべき肉片を簡単にえぐり取ることはできそうだったけれど、蟻たちは意にも介せず、また不規則な震動にバランスを崩すこともなく、やすやすと乗り越えていた。たぶん乗り越えているという意識すらなく。蟻の隊列が、僕たちには見えないけれど蟻たちにはあることがわかっているご馳走へと向けられた意志そのものを具体化しているのだとしたら、それは決して曲げられることのない一直線の断固とした決意ではなく、隊列が上がったり下がったり曲折をくり返しているところからするに、最終的には必ず目的を達成するけれど、そのためであれば多くの、そしていかなる妥協と譲歩も辞さない、きわめて現実的できわめて柔軟な意志なのだろう。ちがうかな。いや、たぶんそうだ。蟻たちは身をもって僕たちにそのことを教えようとしている。そう感じられたからこそ、それがいまいましかったのか、僕たちは足下を進んでいく蟻の列をぐりぐり踏みにじった。腹いせもいいところだった。もぎ取れた脚のくっついたちっぽけな汁のしずくを破れた腹のまわりに引きずりながら、いくつもの小さな黒い点が、火であぶられたみたいにのたくり、蟻の一匹一匹がその身に受けた苦悶を列全体に伝えて、台所の入り口から続く黒い線が火をつけられた導火線のように焼けこげていた。でも、いったいどこから湧いてくるのか、踏み潰されて動かなくなった蟻のあとをまた別の蟻が継ぎ、線は決して途切れることはなかった。その様子を見ながら、町を取り囲む森を通っていく人々の群れのことを僕たちは思った。気がつけば、森は見慣れない人たちでいっぱいになっていた。それまでふつうにキノコ狩りや野イチゴを摘みに、あるいはとくに何の用もなく足のおもむくまま気安く森に入っていたのに、急に森の空気が暗く重くなり、木々のあいだにいやな匂い、人間がたくさん集まることから生じる独特の匂いがこもるようになった。自然、僕たちの足は森から遠のいた。あの人たち、ずっといるつもりなのかな、と僕たちの誰かが言った。そんなことないよ、とまた別の誰かが答えた。海に行くんだよ、海に向かってるんだってさ、とその声は続けた。海なんて行ってどうするんだろうね？　また別の声が不思議そうに言った。海になんか住めないのにね。すると、また別の声が、いや、それは僕の声だったかもしれないけれど、ひきつった笑いを押し殺しながら答えた。体を洗うためなんじゃないの？　海の塩水でさ、あの汚い、垢だらけの体を洗うんじゃないの？　塩水だったらあの匂いも取れるんじゃない？　だって、あいつらのせいで森のなかがすごく臭くなっているじゃないか。

そうかなー、とまた別の声が、もしかしたらそれも僕の声だったかもしれないけれど、疑いをしみ込ませた声を漏らした。森には川が流れているじゃない。水はとってもきれいだし、あそこで体を洗えるじゃない。今年の夏も、僕たち、泳ぎに行ったよね。気持ちよかったよねえ。岩からみんなで飛び込んで、楽しかったねえ。そのとき、薄い雲のあいだから太陽がさっと現われて強烈なまばゆい光で水面を打ちつけるように、僕だか誰だかが叫んだ。あいつらがそうやって水を汚すからじゃないか！　だから川の水が飲めないんじゃないか！　でも、と、不意に空の隅っこからぬっと出てきた大きな厚い雲に太陽が遮られ、僕たちが川にじゃれついて跳ね上げた水しぶきの心躍るきらめきが失われたときのように、その声が暗くなった。あのころだって、あんなにひんやりしてたんだもの。いまじゃ、水、きっと冷たいだろうね。すごく冷たいよ。そんな水で体を洗わなくてはいけないなんて、きっと身を切られるような思いがするだろうね。そんなこと知ったこっちゃない、と体の奥底から湧いてきて僕たちに取りつき消耗させせようとする寒気を振りほどこうと僕たちは叫んだ。それまでどちらかというと小声で話していた僕たちが突然出した大声に驚いて、テーブルの脚にしがみついていた小さな体がびくっと大きく弾んだ。急な動きに不意をつかれたのか、テーブルの縁に逆さ吊りで歩いていた蟻たちが数匹、ぱら、ぱら、と落下するのがたしかに見えた。部屋のなかは暗く、天井からぶら下がったシェード付きランプから漏れる明かりの外縁は、僕たちの呼吸に合わせて、あるいはテーブルの下のそいつの呼吸に合わせて、広がったり縮んだりすることは絶えてなく、敷居のところに立った僕たちの足下にまで届いていなかったから、そいつからは、室内の様子をうかがっている僕たちは見えなかったはずだけれど、僕たちがそこにいることはきっと感じ取っているにちがいなかった。見えないけれど何かがそこにいるのが感じられるというのは、その何かが自分にとって得体の知れないものであるときにはとりわけ人を不安にするものだ。それはまさに、海を目指してだか何だか知らないけれど、遠い土地から次々とやって来た連中によってすっかり変貌してしまった森の存在によって、僕たちが経験していることだった。僕たちは森に囲まれて暮らしていた。でもその森はもう僕たちの知っている森ではなかった。眠っているときでさえ、僕たちは森のもの言わぬ圧迫を感じていた。眠りのなかでは、逃げるのは、逃げなくてはならないのは、僕たちのほうだった。僕たちの眠りを包囲する森はどんどんその領土を拡大していった。眠りの小島はさらに小さくなっていった。どこに逃げ場があるだろう？　僕たちは眠りを垂直方向に深く掘り下げるほかなかった。ふわふわと漂い、どこまでも拡散していく眠りは僕たちからは奪われてしまった。僕たちは身をこわばらせ、踏みつけられて腐葉土のなかにずぶずぶと押し込まれる石くれのように眠らなければならなかった。たぶんね。あんまり覚えてはいないんだけど。でも腐敗によってつーんと鼻につく匂いとほかほかとほどよいぬくもりを帯びた濡れた土の層はすぐに終わり、僕たちはもうそれ以上先へと進むことができなくなる。眠るたびに、僕たちがぶち当たる、ひどく冷たくかたく、無機質でよそよそしいもの。そのとき、死というものに触れていたのかもしれない、と僕たちは、脳みその芯に泥でも詰まったように重たい頭で、ふたたび目覚めることを許された幸運に呆然としながら、思い出しているのかそれともその瞬間思いついたのかはっきりとはしないけれど、ぼんやりと考えた。僕たちは眠りのなかで逃げ回った。そのことだって実はあまりはっきりとは覚えていなかったけれど、じゃあ、どうして、起きたときにこんなにも疲れきっているのか？　夜の闇が濃さと厚みを増すにつれて、家々からは赤ん坊たちが泣きわめく声が響いた。窓を閉じ、さらに鎧戸を閉じょうが聞こえてきた。僕たち自身のなかに赤ん坊たちが、それもあんまり元気じゃない赤ん坊たちが、母さんたちからひき離されて閉じ込められているかのようだった。その声が聞こえないようにするためには、僕たち自身も泣きわめくほかなかっただろう。でも赤ん坊たちを出口のない場所に追いつめているのは僕たちではなくて、いまやすっかり変わってしまった森だった。ひとたび眠りに落ちてしまえば、四方八方から森に追い立てられ、つかまり立ちや這い這いができればまだしも自力で逃げることができたかもしれないけれど、寝返りもまだ打てなければ首もすわっていない赤ん坊たちは、母さんたちの足手まといになることを恐れて、必死で眠るまいとしているかのようだった。その絶望的な泣き声と夜の闇にかき消されてわからなかったけれど、耳を澄ませば、森からも、やせ衰えた赤ん坊たちが不安に耐えきれず、でももっと力のない泣き声を上げているのが聞こえてきたはずだった。でも僕たちは自分たちのことで精いっぱいだった。僕たちは暗闇のなかを逃げまどった。もう自分たちがどこにいるのかよくわからなかった。ひとり取り残されるのを恐れて、前の者の服の裾をぎゅっと握りしめ、うしろの者から服の裾をぎゅっと握りしめられ、途切れることのない列となった僕たちは、じわじわと迫ってくる森の外縁に触れられまいとやみくもに先を急いだ。僕たちはそのときどこに向かっていたのか。海？　まさか。僕たちはもう耐えられなかった。なんで僕たちがこんなふうに森に苦しめられなければならないのか。僕たちは森を悪夢から解放したかった。鳥たちのさえずりでほほえみかけ、風に揺れてこすれる葉でささやきかけ、いつだって親しげに僕たちを受け入れてくれたあの懐かしい姿を取り戻させなければならなかった。僕たちの手には、武器としてはひどく原始的な棒きれとか鉈やナイフなどの刃物などが渡されるがままぎゅっと強く握られていたとしても、前を行く者の迷いを伝え、増幅された迷いをうしろに続く者に感染させる服の裾はもう握られていなかった。にもかかわらず、僕たちは途切れることのない一本の線となって、森へ向かって歩いていた。大きく小さく曲線を描いたり上がったり下がったりと、心の動揺を表わして波打つ一本の線が、森の奥深くに侵入し、そこに巣くったいやな匂いを放つ悪い群れを包囲し、紐で腫瘍をくくり取るようにして、根元から除去しようとしていた。そしてひとり群れからはぐれたそいつはこの台所のテーブルの下に追いつめられて、ぶるぶると震えていた。蟻の列はそいつに近づこうとしなかった。テーブルの脚の一本をつたって登るときに、乗り越えなければならない邪魔なものが、そいつの泥と草の汁と血で汚れた指、次第に力を失い、いまやかろうじて脚を握っている指だということにすら蟻たちは気づいていないようだった。蟻たちはどこからともなく現われては、死にゆくもの、死んでしまったものに群がった。なのに、テーブルの下にあるそいつには見向きもしなかった。おまえは、死に触れることをいとわず、いや、むしろ喜んで死にまとわりつき、死を強靭な顎で引きちぎって、かいがいしくどこかに運び去る蟻たちでさえ触れようとしないものなんだ、と僕たちはつぶやいた。それって何なんだろう。でもそいつにはもう僕たちの声は聞こえていないようだった。聞こえていたとしても何を言っていたかわからなかったはずだ。そいつがここに逃げてくるまでに叫び、わめき、呻いた音が、僕たちにとってはまったく意味を欠き、ただ僕たちを苛立たせる一方だったように。そいつの半開きになった口からとぎれとぎれに漏れてくる苦しそうな息が暗闇を揺らし濡らし、大きく見開かれた目は、もうどこにも飛び立つことができず動くことすらできない視線を、流れ込んでくる暗闇、そいつには見えていなくともたしかに僕たちがなかに溶け込んでいる暗闇といっしょに、まるで赤ん坊のように大事そうにかかえていた。どれくらい時間が過ぎたのか、僕たちがいるから蟻は近づこうとしないのかな、と誰かが言った。そんなものなのかな。いくら待っても無駄だった。蟻の列はテーブルを橋代わりにしてそいつに触れることを拒絶しつづけ、僕たちにはどんなものなのかどこにあるのかうかがい知ることもできないご馳走に向かって、あくまでも柔軟に、でも決して途切れることなく、ランプの白熱した明かりが尽きるところから、まだいたのか、赤ん坊たちの泣き声が沖の遠い風のように聞こえてくる闇の大海へと吸い込まれていった。

そこに近づいちゃいけないとも、何の魚が養殖されているのかも母さんは言わなかった。たしかに言わなかった。うん、僕たちはあとから何度も思い返したから間違いない。森には養魚池がある。ただそれだけ言うと、母さんは椅子から立ち上がってキッチンから出ていった。すると、部屋のなかが何だか急にがらんとなった。母さんをお見送りにドアのところまでしずしずとついていった音や熱が戻ってくるまで、僕たちは何も言えずにがたがたと震えていた。光まで奪われてしまうことになるので目をつむることはできなかった。母さんの体臭が漂っていた。母さんにほかの何よりもぴったりくっついた匂いは、そうやって母さんがいなくなったあとも僕たちを守っていた。守っていたけれど、見張ってもいた。

養魚池があるなんて知ってた？　と、止まっていた壁の時計から、歯車がふたたび動き出す音ではなくて、子供の声がした。

知らなかったよ、と藁紐で編まれた座面が震えて椅子が答えた。

どこの森なんだろ？　ねえ？　とテーブルの上に置かれたティーカップと砂糖の瓶がささやきあった。

母さんのお見送りの緊張がほぐれないのか、音たちはもといた場所になかなか戻れなかった。しばらくのあいだ場違いなところからぎこちなく響いていた。母さんの匂いがまだ強く残っていたせいもあるだろう。

ふうっ、と大きなため息が聞こえた。あまりしゃべることには慣れていないものたちは、ようやくふだんの沈黙を取り戻して落ち着いた。

窓からは午後の光が差し込んでいた。一日も終わりにさしかかって、まるで透明であることが重荷でもあるかのように光はひどく傾き、頼りなげに震えていた。僕たちは背伸びをして窓の外を覗いた。黒い森が盛り上がったりへっこんだりしながら、遠くに連なる山脈に向かって這い上がっていくのが見えた。地表を覆う森はどこか先を急いでいた。僕たちにはまだ見えないけれど山脈のすぐ裏側にまで迫りつつある夜の前線と、山々の頂を縁取る稜線で落ちあう約束をしており、その時間に遅れまいとしている。大地をびっしりと覆い尽くす森はあまりにも暗く、そこに生えているのは木ではなくて、木の影のようだった。重さを持てない木の影は軽やかにそびえ立つしかなく、やはり影でできた黒い枝と葉を重ねあわせて、森のかかえ込んだ闇をさらに厚く濃くする。そしてその根元には、本物の木がごろんと倒れている。ぴくりとも動こうとしない。なぜだかそんな光景が頭のなかに浮かんだ。それは、僕たちの足下から生えて、部屋を横切って壁の上にまで伸びた大きな影が、僕たちの頭ごしに見ていたものなのだろう。僕たちよりもずっと遠くを見渡せる影には、森のどこに母さんが言ったその養魚池があるのか見えていたのだろうか。

どこにあるんだろう。

僕たちは漏らしていた。でもそこに返事はなかった。何も言わなかったのは、問いだとわからなかったからじゃない。知っていても僕たちには教えたくなかっただけなんだと思う。

僕たちは外に出た。奥の部屋からピアノの音が聞こえてきた。それは行けと励ましてもいなかったし、行くなと止めてもいなかった。

いちばん近い森へと続く傾斜になった道を登っていると思っていたら、もう木々に取り囲まれていた。そうなったら僕たちの意志には何の意味もなかった。僕たちは森の奥へ奥へと運ばれていった。木々は僕たちをぐいぐいっと乱暴に引っ立てた。一本いっぽんが厳然としてそこにあり、とてもそれらが影でできているものとは思えなかった。もしも僕たちがたくさん服を着ていたとしたら、枝から垂れ下がった葉が、ひき裂かれた僕たちの衣服だと思えるほどだった。そして僕たちはぞっとしながらなぜだかこう考えた。大振りの枝をずっしりたわませているのは、僕たちの動かなくなった体なんだ。そこかしこで枝が折れているのは、僕たちの体の重さに耐えられなかったからなんだ。

ピアノの音は僕たちについてこようとした。立ち並ぶ木々を避け、垂れかかる枝をかいくぐった。ときには、ふと気を抜いた瞬間、木々に巻きついた蔓草にからめとられてしまい、そのままその蔓草をたどりながら高い塔のような巨大な樹木の幹をぐるぐると回転して昇っていく。でも広々とした空には抜け出すことができず、森をすっぽりと覆った暗い樹冠の厚みとそこに差し込んでくる暮れかけの光が作る入り組んだ通路から成る巨大な構造物のなかに迷い込んでしまう。音がとぎれとぎれになってしまうのは、森に邪魔されているからなのかもしれないし、僕たちについてくるのが大変だったからかもしれない。

たぶんそういう曲なんじゃない……？

疑問を口にしてはみたものの、僕たちの息も上がっていた。

でも、これ曲なのかな？

声がきれぎれになっているのを耳にするのが怖くて、僕たちは口にはせずにさらに尋ねた。母さんのピアノの音はもうときどきにしか届いてこなかった。それが全体として何かの曲を作っているのだとわかるためには、森のなかで尽きていく音をひとつひとつ拾い上げて、聞いた者自身がそれらをつなぎあわせるしかなかった。でも、音が連なっているという印象を持つには、ひとつ前の音といま聞こえた音との間隔があまりに遠すぎた。音と音とのあいだに、森のなかのか僕たちの頭のなかなのかよくわからないどこかの場所で、いろんなことが起きたり思い出されたりしたので、あるまとまりを持ったひとつの曲を思い描くことなんてとてもできなかった。その起きたり思い出したりしたことだって、実際にはいまこの瞬間自分たちの目の前で起きていることなのに、それを思い出しているのだと勘違いしていただけなのかもしれない。その逆に、ふと過去の体験が甦っているだけなのに、それをいまこの瞬間目の前に、そして自分の身に起こっている出来事として生きているつもりになっていたのかもしれない。そんなことを言い出せば、その思い出していることやらだって、僕たちが現実に経験したことだったかどうか怪しいものだ。いま僕たちが自分自身で生きているつもりの出来事だって、実際に経験しているのは本当に僕たちなのかどうか疑わしくなってくる。疑いだせばきりがない。うん、きりがない。

母さんのピアノの音がついに聞こえなくなった。音たちは遠くに行きすぎたのかもしれない。音には影はないのだろうか。音が何かの影なのだろうか。あるいは母さんがピアノを弾くのをやめてしまっただけかもしれない。僕たちは木々の間隔がまばらになっていて下のほうがよく見渡せるところをとにかく探した。

ところが斜面を上に行っても下に行っても、ちょうどよい場所はなかなか見つからなかった。僕たちは、本体を探す影、影を探す本体のように、うろうろしていた。でも僕たちが探していたのは本体でも影でもなかった。母さんの家がちゃんとそこにあることを、僕たちは確かめておきたかっただけなのだ。

山だか木だかそれ以外の何かだかに嫌がらせされているみたいだった。あたかも、目の下に、遠く、でもたしかに、うん、疑いようもなく、広がる風景にふくまれているのは、いまや僕たちと母さんしかいないあの家だけではないのに、その風景のなかで生きられている日々の暮らしのなかで、とうもろこしや麦を植えた畑とか、牛だか豚だか山羊だかの点々をちりばめた小さな農場とその建物とか、ところどころから立ち昇ってはほどけて広がる煙の筋とか、きらきらっと背中を光らせながらきつく重い枷のようにはめられた石の橋を振りほどこうと蛇行する川とそれに沿って軒を連ねる家々といった、いまたしかに見えているものと、どうして僕たちは出会うことがないのか、と疑問をいだくことは禁じられているかのようだった。そして物事の順序が逆でなんだかおかしいような気がするのだけれど、そうした禁を破った罰として、僕たちは山の上から目にした風景が自分たちにとって見知らぬものであると発見することになるとでもいうようだった。ところが、にもかかわらずそれは完全に見知らぬものでもないから僕たちはひどく困惑してしまうことになる。そうなることは僕たちにはわかっていた。うん、それはまったく見知らぬものではなかった。なぜなら、僕たちが木と木のあいだを見るとき、山の高みからいっきに飛び降りた視線が、ここに来るまでに渡った覚えのない小さな石橋を渡り、やっぱり見覚えのない緑の畑のあいだの細い道を縫いながら坂道を登っていった先に認めるのはまちがいなく、母さんがいまや僕たちだけと暮らすあの家だろうから。でも、あれは本当に僕たちのいた場所なんだろうか。僕たちは小首をかしげてあたりを見回す。じゃあ、いま僕たちがいるこの山は、僕たちが母さんの家の窓から見上げたものといったい同じものなのだろうか。

こんなことを考えることになるなんて、家を出るときに僕たちは少しでも想像しただろうか。僕たちはただ母さんのピアノの音から逃れようとしていただけなんじゃないだろうか。でもいま森のなかにいると、まるでピアノの音こそが母さんの家を僕たちの世界につなぎとめているものであるかのように思えた。そしていまその音が聞こえなくなると、下の景色のなかに母さんの家をもう二度と見つけることができなくなるんじゃないかと怖くなった。もっともっと上に、山を登っていこう。そこから見渡せばすべてが豆粒みたいに小さくなる高い場所に行けば、はっきりは見えないんだけど、あのどこかに母さんの家はあるんだよ、と言い切って、すぐあとから、たぶんね、と自信なさそうに小さな声で付け加えても、きっと誰からも文句は言われない。だけど、雲もないのに空がごうごうと恐ろしい音を鳴り響かせているそんな高い場所まで、いくら母さんが気でもおかしくなったみたいに鍵盤を叩いてもピアノの音が届くはずはないから、あの豆粒のなかのどれだかははっきり言えないんだけど、そのうちのひとつが母さんの家なんだよ、なんていう言葉は僕たち自身にとってもきっとむなしく響くことだろう。たぶんね。

僕たちはもう景色がよく見渡せる場所を探すのをやめていた。そんなことははじめから考えていなかったかのように、森の奥へと進んだ。葉や枝をかいくぐって斜めに差してくる光が腐ったみたいに変色していくのがわかった。雨が降った直後のような匂いがした。木々の投げかける影は地面を水のしみのように浸していた。でも僕たちを濡らしているのは汗だけだった。狼や山犬にでも出会えば恐怖のあまり失禁したかもしれない。噛みつかれて血が流れたかもしれない。ところが狼も山犬も出てこなかった。熊も猪も。頭上で猿が急に吠えて、僕たちの肝を冷やさせることもなかった。そんな動物たちが森にいるなんて母さんは一言だって教えてくれただろうか。母さんが僕たちに言ったのは、森には養魚池がある、ただそれだけだった。行けとも行くなとも言わなかった。

このあいだ母さんは僕たちをとなり町に連れて行ってくれた。そのとき、窓の閉まらない母さんの中古のトヨタから見た風景には、山の上からだったらきっと見えたはずのとうもろこし畑とか小麦畑とか果樹園はどこにもなかったし、そうした緑の海に囲まれた石造りの家々が現われることもなかった。僕たちは目をつむっていた？　じゃあどうして目を開けられなかったのだろう。くまなく太陽に焼かれた荒野から、ベージュ色の砂埃がずっと車のなかに吹き込んでいたから？

車はがたがた揺れて、僕たちは自分たちが荷台に積まれた果物だったら目的地に着くまでに表面はすっかり傷で覆われて、いたんだところから腐ってしまうだろうと思った。もともと傷物だってわかってたんだから、別にかまわない、と誰かが言うのが聞こえて、僕たちはどきりとした。僕たちは眠っているふりを続けた。がたがたと車は揺れて、僕たちはごつんごつんとぶつかりあった。傷物だって知ってて持ってきたんだから、と誰かがさらに言うのが、うん、目とちがって耳を閉じることはできないので聞こえてしまった。うん、これはきっと夢なんだ。夢なんだな、これは。そして風景はそれを見ている人のものではないかもしれないけれど、夢はそれを見ている人のものなんだから、その誰かは僕たちであってもかまわないんだ、となぜか僕たちは信じた。だから、傷がついて、ちょっとくらい腐ってたって、別にかまわない、という声が暗がりの奥から浮かび上がってくるように聞こえてくると、誰が誰だかわからないその闇に乗じて、その声をひき取った僕たちは、そうそう、ちょっとくらい腐ってたって食べられないわけじゃないんだから、と続けて言ったのだけれど、そのとき、かりに僕たちが実際に声を発していたのだとしても、僕たちが眠りに落ちていくのを邪魔しようとするように母さんの車はやかましい音に満たされていたので、誰にも聞こえなかっただろう。

しかも車の揺れ方ときたら、まるでボタンのかたい古いラジカセで再生ボタンを押したままカセットテープを無理にきゅるきゅると巻き戻したり早送りしたりしては、この辺にちがいないと思えるところで停止ボタンをがちゃっと押すのをくり返しているような感じだった。ところがどうしても探している箇所に行き当たらないのだ。僕たちは聞きたいと思っているところを絶対に聞くことができなかった。そしてテープの上に探されているのは声だけではないようだった。探し求められているのは、僕たちがいるべき場所でもあり、時間でもあった。巻き戻し、早送りするけれど、出てくる場所と時間は、どこかしらずれている。いや、僕たちが探しているんじゃない。僕たちが探されていた。そして僕たちは見つけてほしいと思っていたけれど、ベージュ色の砂がどんどん積もっていく心の底ではそんなことを願ってはいなかったのかもしれない。だからボタンががちゃっと押されるとき、それはテープを止めるだけではなかった。そのために僕たちは過去だか未来だかこっちだかあっちだか、とにかく少なくともいまとここではない方向に、わずかばかり押しやられるのだった。

道の両脇に建物の数が増えはじめた。町に入ると、通りの両側には箱の形をしたコンクリートの建物が並んでいた。ほとんどが平屋建てだった。通りがやけにひろびろと感じられたのは、太陽が照りつけているのに、建物には庇《ひさし》がないので、その陰に引っぱり出してきた椅子やベンチに腰掛けて、目を細めて遠くでも近くでもない場所を眺めながら、聞いたことのない鳥のさえずりを思わせる声で、どこかけだるそうに話をしている人たちの姿がどこにもなかったからかもしれない。町そのものが昼寝しているみたいだった。何ひとつ動くもののない通りのこちら側とあちら側を結んで走る電線が、建物と同じベージュ色の砂に埋もれた道路の上にたわんだその影といっしょに、風に揺れているだけだった。いつの間にか、車の窓から入ってくる空気の匂いが変わっていた。

海の匂いだった。うん、僕たちは海など見たことがなかったけれど、それが海の匂いだとわかった。

大きな通りから折れて、光が強烈なせいか建物の壁に張りつく影がやたらと濃い路地に入り、いくつか角を曲がってから母さんの車は止まった。僕たちは目をこすりながら言った。

もう着いたの？

母さんはそれには答えず、ハンドルを握ったまま僕たちが車から降りるのを待っていた。

もう着いたの？

僕たちはさらに訊いた。母さんはやっぱり答えてくれなかったし、母さんのほかの誰かが答えてくれることもなかった。でも誰も答えてくれなかったのは、母さんにもほかの誰かにも、僕たちがちゃんと答えを知っているくせにこんな質問をしたということがわかっているからなんだ、と僕たちは思った。だから僕たちは車から降りた。ドアを閉めると、母さんの車はいがらっぽいベージュ色の煙幕のなかに僕たちを残して発進した。

母さんはどうやってふたたび僕たちを見つけるつもりなのだろうか。不安だった。いつどこに迎えに来てくれると母さんは言ったんだろうか。さっきまでの激しい車の揺れで、僕たちは勢いよくひっくり返されたおもちゃ箱のようにぐちゃぐちゃにされた。考えや記憶や感覚のそれぞれが、決められた場所やそこにあっても目障りじゃない場所にはなかった。どれかひとつでも欠けてしまうと僕たちが僕たちでなくなってしまいそうで恐ろしかったので、それにちゃんと後片付けをしないと、ただひとつでもおもちゃが床に転がっていようものなら、全部捨てちゃうわよ、とすごく冷たい目をした母さんに怒られかねないので、そして、おもちゃは僕たちだけのものじゃないよ、と言いたいのをそんなことを言えば火に油を注ぐのはわかっていたのでのみ込んで、あたりかまわず散らばっていたおもちゃを、とにかく大急ぎで箱に放り込んだのだ。そのために中身がぐちゃぐちゃのおもちゃ箱である僕たちは、頭のなかや胸のなかだけでなく、おなかのなかまでひっくり返っていたのかもしれない。吐き気がしたし、潮の匂いとはちがういやな匂いがして、僕たちはどこかぎこちない歩き方になりながら、便を漏らしているのではないかとおずおずお尻のあたりに手を伸ばした。うん、大丈夫のようだった。その匂いはどうも僕たちの股のあいだから来ていたのではなく、空気にもとからしみ込んでいるもののようだった。路地から出ると急に風景が広がった。誰かがカーテンをさっと引くようにして僕たちの視界に光を入れてくれた。目の前には海があって、僕たちのなかにどっと押し寄せてきそうだった。息が苦しくなって、つーんと鼻の裏側が焼かれ、涙が流れ、鼻をすすり上げると、口のなかに潮の味が広がった。うん、それは海だった。きらきらと光を反射させてまぶしい、死んでいるようでいて、自分を内側からつき動かしている途方もない力をどうしても隠すことのできない、その色の濃い水の広がりが、海だってことはすぐにわかった。僕たちの足下には死んで腐った魚が何匹も転がっていた。魚たちは生きているときも死んでいるときも変わらず見ひらいた目を充血させて、そういうところにも分けへだてなく降り注いでくる太陽の光に、白いおなかをぬめぬめと光らせていた。蠅は僕たちにもまとわりついてきた。くるくると飛び回りながら、見えない糸で僕たちの体のいろんな部分を、砂の上の動かない魚たちと結びあわせていた。僕たちが手を払えば払うほど、その糸はこんがらがって、僕たちと魚たちを離れがたくひとつにするのだ。

僕たちは蠅の飛行が描く見えない糸をうしろにたなびかせながら海に沿って歩いた。沖へと伸びていく防波堤は、途中で崩れ落ちた橋のようだった。そんなところを歩く気にはなれなかった。防波堤の付け根のあたりにトタン屋根の、倉庫を思わせる建物があった。麦藁帽子をかぶった小さな子供が手招きしているのが見えたので、僕たちは近づいた。

建物の入り口は意外に大きかったけれど、なかの様子は見えなかった。そこには一枚の黒い長方形がそびえているだけで、奥行きが存在するような感じがまるでしなかった。その長方形を背景にして、そこに吸い込まれるようにして、でも吸い込まれずに、立っていたのは、小さかったけれど、子供ではなかった。縁のほつれた大きな庇の下に見える顔は、外国人のおじさんだった。なぜだかそれが外国の人だと僕たちはすぐにわかったし、それが大人だということもすぐにわかった。顔中をしわに覆われ、目は細く腫れぼったくて、生まれたばかりの赤ちゃんみたいだった。おじさんは海のすぐ近くにいるものだから、赤ちゃんのように水にふやけてしまったのだろうか。僕たちは姉さんの赤ちゃんのことを思い出してしまった。姉さんのことも姉さんが生んだ赤ちゃんのことも思い出してはいけないと母さんは言わなかったけれど、思い出していいとも言わなかった。でも、僕たちには向けられていないのに、耳に触れるだけで僕たちの心まで撫でつけられ、心が世界と同じくらいの大きさにまで広げられるやさしいささやきを、乳に吸いついた小さなものに向かってくり返していた姉さんのことを僕たちがふと考えると、そして姉さんの胸に抱かれていた赤ちゃんと、その力強いのだか頼りないのだかよくわからない、んあー、んあー、んあー、という泣き声、耳にしているうちに、この僕たちだって何か思い出すに値することを持っているんだけれどその大切な何かをどうしても思い出せないでいることが思い出されて僕たちまで泣きたくなってしまう、あの泣き声を思い出すと、母さんの部屋から聞こえてくるピアノの音が急におかしくなった。いくら母さんが繊細な耳を持っているからといって、そんなことがありえるのだろうか。気のせいなのかもしれない。それにいつも母さんが弾いていたとは限らないからだ。もちろんもう姉さんはいなかったのだから、ピアノを弾いていたのは姉さんでもない。だから、母さんがちっちゃな指をそっとやさしくつまみながらピアノを教えてあげるのを楽しみにしていたあの赤ちゃんでもない。ラジオだかカセットテープだかから流れてくるピアノの音が、僕たちが姉さんや姉さんの赤ちゃんのことを考えたせいで、途切れたり、調子っぱずれになったりするなんてことがあるのだろうか。あるのかもしれない。うん、そういうこともあるんだ。

海の向こうから貧しい外国人がたくさん働きに来ており、相変わらず貧しいままだということも僕たちは知っていた。食事をするときに彼らが使う二本の棒で金物を叩くような声でしゃべる外国人たちの多くは海辺の町から離れなかった。自分たちの故国にできるだけ近いところにいたいから。そう誰かが言うのを聞いたことがあるけれど、その誰かは外国人たちのうちの一人ではなかったと思う。海を渡ってやって来たけれど、この海のせいで国に帰ることができないから、その恨みを忘れないために、毎日海を見なくてはならないのだ。なぜなら人間はすぐに何でも忘れてしまうから。何でも受け入れてしまうから。そう誰かが言うのを聞いたことがあったか覚えていないけれど、海が一方通行だというのは、本当のことなのかもしれない。自分たちの国から出ていくことを望んでいた外国人たちがたどり着いたこの国の人たちもまた、自分たちの国から出ていくことを望むようになっていた。でも行ったきりで戻った人はいなかった。だから、出ていった人たちの乗った船が海を越えることができたという話を聞いたことがなかった。海の向こうにたどり着くことに成功したのなら、そう連絡してくれてもよさそうなものなのに、何の音沙汰もないのだ。

手紙くらい書けるだろうにねえ。

僕たちは何も考えずにそう言ったけれど、それが母さんの冷たい視線を招き寄せることになるのはわかっていたはずだ。うん、わかってはいたのだ。台所で僕たちのかたわらに座っていた母さんが、読んでいた楽譜から僕たちに向けた視線のなかにあったのは、気の滅入るような悲しみと怒りだった。

あんたたちに手紙なんて来るわけがないでしょ。

母さんの目はそう言っていた。吐き捨てるようにそう言っていた。

字も読めないくせに。

母さんの言うとおりだった。そのときも僕たちはテーブルについて字を読み書きする練習をさせられていたのだった。出来の悪い僕たちはもう何日もテーブルの脚に縛りつけられてそこから離れることを許されていなかった。うん、縛りつけられていたっていうのは本当じゃないし、何日もってのは少し大袈裟だけれど、僕たちにはそのくらい長くつらく感じられたのだ。母さんはしつこかった。まるで僕たちに字を覚えさせて、代わりに手紙を書かせたがっているみたいだった。でも僕たちは知っていた。海は一方通行なのだから、いくら手紙を送ることができても、海の向こうからは返事なんて届くはずがない。僕たちが字を覚えることができないのは、そのことがわかっていたからだ。うん、きっとそうだ。書いても無駄だもの。そしてそれは母さんにとっても都合がいいことなのに、どうしてそれがわからないんだろう。僕たちが字を知らない以上、手紙を書いて送ることはできないのだから、返事が来ないのはそのせいにできる。送られてもいない手紙にどうやって返事が書けるだろうか。だから僕たちは字が読み書きできないのではなくて、そのふりをしていたのだ。うん、きっとそうだ。そして僕たちが字を読み書きできなければ、楽譜しか読めない母さんに、たぶん楽譜しか読めないふりをしつづけている母さんに、手紙を送ったところで、誰も母さんにそれを読んでやれる者はいないということになる。それだったら手紙を書いても仕方がないと姉さんが考えるのは当然だ。だから姉さんからは何の音沙汰もないということになる。うん、そういうことになる。僕たちに聞こえてくるのは、母さんのピアノの音だけだった。そして僕たちは知っていた。一方通行の海には、ひどく事故が多いのだということを。音沙汰がないということは、海の向こう側での日々の生活を生き抜くことで精いっぱいで、こちら側に残された人たちのことをゆっくりと考える余裕がないからなのか。本当にそれだけなのだろうか。出ていったきり帰ってきた人がいない。そのことだけからは、海の向こう側に無事にたどり着くことができたのかどうかまではわからない。

だよね？

麦藁帽子をかぶって、倉庫のような建物の黒い長方形の入り口を背景にして立っていた外国人のおじさんに向かって僕たちは言った。僕たちと目が合うと、にかっと笑った。歯がなかった。

おじさんは帰れないんだ。

僕たちはそう口にしたけれど、それは断定ではなくてむしろ疑問に近かった。

そして僕たちは言った。

僕たちは出ていけないいんだ。

それはどちらかというと、うん、断定に近かったかもしれない。

出ていけば帰れなくなる。姉さんのように。いったん来てしまえば、二度と戻れない。おじさんのように。

でも、と僕たちは思った。出ていった人が、一人も、たった一人も戻ってこられないなんて、なんだかおかしな話じゃないか。もしかしたら戻っているのだけれど、僕たちが気づいていないだけなんじゃないか。そして、あまりにも姿が変わってしまっているために、それが僕たちの待っている人だとわからないだけだとか。

おじさん。

僕たちは言った。笑いをこらえながら言った。

おじさんって、ひょっとして僕たちの姉さん？

だんだんひどくなる笑いに体をよじりながら、僕たちはさらにどうにか絞り出した。

ひょっとして姉さんの赤ちゃん？

そうだ。僕たちは真っ黒に日焼けした外国人のおじさんとは顔がしわだらけということ以外には似ても似つかないのに、赤ちゃんのことをずっと考えていたのだ。

海はそばに来る者に何もかも忘れさせるなんて言ったのは誰なのか、いま僕たち自身が海のそばにいるからか、思い出せなかった。でもそれは要するに、海が近づいていく人をがぶりとのみ込んで、底に沈めてしまうので、思い出すも思い出さないも、記憶を持っている当の本人そのものが失われてしまうってことじゃないのか。そうやって持ち主を失った記憶の残骸が海の上にはそこらじゅうにたぷたぷとたゆたっている。だから、黒い海を見ていると、ふと何かを思い出すことがあるけれど、それがどう考えても僕たちには何の関係もなければあずかり知らないことであるように感じられたとしても、そのことには何の不思議もないし、何の心配もいらないのだ。それは僕たちが忘れていたことでさえないのかもしれない。でもそれはいつだかどこだかわからないけれど確実に、うん、少なくとも一度は、誰かの体のなかに生まれたものなのだ。そして僕たちはそれをその誰かの代わりに思い出しているのだ。だったら、僕たちが見たり聞いたりしたと思っていること、間違いなく自分が経験したと思っていることも、本当は誰かほかの人のものなのではないのか。僕たち自身が、姉さんだった。姉さんの赤ちゃんだった。僕たちはもう笑っていなかった。だって赤ちゃんは泣いていたのだ。

おじさんって、ひょっとして僕たちなの?

おじさんは麦藁帽子に手を伸ばした。それをぐいと下に押しやったとき、おじさんの顔が隠れた。おじさんの背後にそびえる長方形の暗闇が濃くなったような気がした。おじさんがふたたび帽子を上げるとき、庇の下に、僕たちの知っている顔が現われるのではないかと僕たちは怯え、期待していた。でももちろん、麦藁帽子の下にあったのは、うん、しわの一、二本は増えたか減ったかしていたかもしれないけど、さっきと同じおじさんの顔で、僕たちは姉さんの赤ちゃんのことを思って泣きたくなった。いや、赤ちゃんは泣いていたから、僕たちは泣かなくてはならなかった。僕たちは目をそらして海を見た。船なんてどこにも見えなかった。どれもこれも全部のみ込まれてしまったのだ。のみ込まれてしまえばいいんだ。黒い海の表面がきらきらと輝いていた。だけど、僕たちは姉さんが思い出したがっていたことも忘れたがっていたことも、姉さんの胸のなかにいた赤ちゃんがあの小さな体で姉さんといっしょに崩れ落ちてくる世界全体を受けとめなければならなかったときに感じていたはずのことも、何ひとつ思い出すことはできなかった。

麦藁帽子をかぶり直した外国人のおじさんは笑っていた。僕たちは笑っていなかったのに、泣いていたのに笑っていた。おじさんは僕たちの言ったことがわからなかったのだろうか。わかったのだろうか。

おじさんは建物の正面にくり抜かれた黒い長方形のなかにすっと消えた。僕たちはおじさんがふたたび現われるのを待った。おじさんは僕たちがあとについてくるのを待っていた。たぶん。そのあいだも海はきらきら輝いていた。誰のものだかわからない無数の記憶の断片が海の表面を覆い尽くしながらたゆたいざわめく音にずっと浸されるのはいやだった。思い切って、でも実際には、まるで長方形が僕たちの首を切り落とす大きな鋭い刃ででもあるかのようにおずおずとなかを覗き込んだ。ひんやりとした空気が顔に触れた。建物のなかには大量の水が流れるような音がどどどどどと響いていたからかもしれない。天井に渡された梁からぶら下がったシェード付きの電球の弱々しい光の下に、コンクリートの壁で仕切られた生け簀のようなものがいくつも並んでいた。大きな滝が近くにあるかのようなけたたましい音の壁の向こうに、ときどき、ちゃっぱちゃっぱと生き物が水のなかで体を動かしている音、水浴びでもしているような音が聞こえた。

何かいけないものをきっと目にすることになるような気がした。僕たちは慌てて顔を引っ込めた。入り口が黒い長方形に戻った。

しばらくすると、その長方形の闇をかき分けるようにして、外国人のおじさんが出てきた。おじさんは僕たちが待っていると信じて疑ってもいないようだった。なぜならおじさんは僕たちに向かってにかっと笑うと、手を差し出したからだ。そこには金属製のボウルがあった。これを取りに行っていたのだ。おなかのやたらとぼってりとした濃い緑色の蠅が一匹ボウルの縁にとまり、毛深い足をこすりあわせていた。なかには赤味がかった何かの肉片とおぼしきものがいくつも入っていた。おじさんはそれをひとつつまむと、口のなかに放り込んだ。歯のない口をもぐもぐさせていた。おじさんがさらにボウルを僕たちに向かって差し出すと、僕たちの肩を乱暴に押しのけて太陽がわっとそこに食いついた。肉片は細かく、くっちゃくっちゃっと嚙みしだかれながら、濡れた光を放って揺れた。

僕たちは恐る恐るボウルのなかに手を伸ばした。指先が臭くなりそうでいやだった。おじさんは麦藁帽子の下からじっと見つめていた。くっちゃくっちゃと音を立てて歯のない口が動いていた。肉片はまだあたたかかった。強く殴られたあとにできる痣のような色をしていた。よく見ると、小さな突起があった。すぼめられたいやらしい吸盤のようにも醜いイボのようにも見えた。外国からやって来たものの、一方通行の海のせいで故郷に二度と戻ることのできないおじさんは、口を動かすのも、僕たちを見るのもやめなかった。おじさんは僕たちよりずっと小さかったのに、うん、背伸びして、その短い手を伸ばしたって届きそうもなかったのに、いったいどうしてそんなことができたのか僕たちにはさっぱりわからないけれど、ボウルを持っていないほうの手で僕たちの頭をやさしく撫でてくれた。そしてなぜだかわからないけれど、僕たちはおじさんの口が動いているのは、ゴムのようにどうしても嚙み切れない肉片をやわらかくしようと舌の上で転がしながら、その同じ動きで、いい子だ、いい子だ、いい子だ、いい子だ、とずっと言いつづけているからだということがわかった。そしてそのとき、僕たちの目に映っていたのは、黒とも緑とも青とも言えないぬめりを帯びた海でありながら、姉さんのおっぱいを恍惚と吸っていた赤ちゃんだった。僕たちは乳首から体中にじわじわと広がっていく甘く鋭いうずきにじっと、でも激しく、悶えていた。

母さんのピアノの音の届かない山の上から、まるで見覚えのない景色を発見しなくてもいいように森の奥へと分け入っていきながら、僕たちは母さんが行くなとも行けとも言わず、ただ森にあるとだけ言った養魚池にいつか行きつくことができるとは思っていなかった。海とはちがって、森は一方通行じゃないから、と僕たちは思った。僕たちは戻ることができるだろう。うん、できるんだ。

でも、おじさんはもう戻れないんだ。

あのとき、僕たちが限りなく断定に近い疑問を口にしたとき、おじさんの麦藁帽子の下の首は左右に振られたのだろうか。

いや、僕たちはそんなことは言わなかった。あのとき、僕たちの口が動いていたのは、おじさんの好意をむげにできず、おじおじと手に取り口に入れた肉片を、何の匂いも味も感じないですむよう息を止めて、そして、いい子だ、いい子だ、いい子だ、とおじさんが頭を撫でてくれるものだから、それにずっと耳のなかで赤ちゃんが泣いていたから、僕たちは泣きそうになりながら、ひたすら噛んでいただけのことだったのかもしれない。

気持ち悪かった。からっぽの胃の壁にすぼめられたいやらしい吸盤が吸いつくだか醜いイボが引っかかるだかして、それは、激しく損ねられた皮膚の色を帯び、切り取られた子供の指のような肉片は、まだ僕たちのなかにあった。いくら噛んでもやわらかくも小さくもならず、ごくんと無理矢理丸呑みするしかなかったそれは、いくら歩いても消化されなかった。そのためにはまだまだ歩かなければならない。まだまだ。まだまだ。でもいったいいつまで。僕たちはその場にへたりこんだ。お尻がひんやりとした。そのとき、木のあいだから水面が見えた。見えたような気がした。その上に踊っているまばゆい光は、母さんが大きなおなかをかかえた姉さんと横に並んで座っていっしょに弾いていたピアノの音のひとつひとつだった。そうだったらいいのに。でも僕たちは心地よい眠りからはずっと遠いところにまで来てしまっていた。体はもう吐き気をこらえることができなかった。

まだ柵からは遠いところで少年は見た。しきりに目をごしごしとこすりながら見た。森の木々を除けば付近でいちばん背の高い柵が何のためにあるのか、どうして人はそれを乗り越えようとするのか、少年は、彼に目をこすらせる視界に漂う砂ぼこりと同じくらい、いや目をこするのは砂だけが理由ではなかったが、おぼろに理解していた。柵に近づくのは危険だということも知っていた。

ある日、少年が柵の向こうに何があるのか尋ねると、「おまえには関係ない」と答えた父親は「おれたちには関係ない」と言いなおして黙り込み、すると暗い部屋のなか、台所と居間を兼ねたいちばん大きな部屋のなかは、古い日本製のラジオの音で満たされることになったが、そこからこぼれてくるのは人の声というよりは、窓と戸を閉めていても知らないあいだに隙間から入って土間をうっすらと覆っている砂粒が、電波のなかにまぎれ込んでしまったかのようなひどく耳障りな音で、はじめ少年はこの理解できない音が日本語なのかと思い、そう口にして、「トヨタ」と「ニッサン」以外に日本語らしきものを聞いたことはないが日本製のラジオが日本語だけを話すわけではないことくらいは知っている父親に笑われたことがあったものだから、彼と同じ疑問を口にしたわけではないのに、そしてテーブルの上に置かれたラジオの近くにいたわけでもないのに、弟に向かって、「ちがう、ちがう、日本語じゃないよ、馬鹿だなあ、おまえ」と言い、とたん、ほっとして、自分が父親に笑われるより先に弟のことを笑ったものだったが、つかもうとしても意味が指のあいだをすべり落ちていく、ふるいにかけられるように落ちていくのに純化されるわけではない音は言葉ではなく砂で、ラジオをつけていると、部屋のなかにどんどん流れ込んでくるその砂に埋もれていくようだった。砂はすでに膝下、そして胸元を襲い、少年は息苦しくなり、口のなかがざらざらし、父親に口ごたえするとしたらこんな感じがするのだろうか、すると警告でも発するように、部屋のどこかに埋もれた父親が喉にからんだ痰を出そうとしきりに咳払いをするので、突然、他の臓器と同じように体の内部にありながら、ひっそりと気配を隠すことのできない小さな器官としての不安が、砂にまみれながらどんどん大きくなっていくのだった。真っ暗闇に包まれたとなりの寝室でひとり寝ているはずの弟のことがひどく気にかかり、さっきからラジオの音の膜をひき裂いて響いていた弟の咳は、しかし決して彼の不安をひき裂いてはくれず、つい最近、焼け出された避難民のような木々が立ちつくす森へと続く、ゆるやかな坂の道のかたわらで、兄がするのを真似て、少年が握っていないほうの手で目元をごしごしこする弟といっしょに目にした、はじめ雷に打たれひき裂かれ倒れた木だと思えた黒い物体が、風の強い日が続いたあと、次にそばを通ったときには、たぶん砂に埋もれてしまったのか、それとも、こちらのほうがもっとありそうなことだったが、森に隠れ住む人たちか、あるいは彼らを柵に近づけまいとする人たちがどこかに運び去ってしまったのか、姿形も見えなかったこと、そして、ふだんからあまりしゃべらない弟だったからか、とにかく弟は、どこに行っちゃったんだろうねとは尋ねなかったし、自分もまた口にしてはいけないことがあるのだと認めるかのように何も言わなかった、「馬鹿だなあ、おまえは」と言いたかったのに言わなかったことをふと思い出した。ラジオから漏れてくる砂の音で遠くなっていくとなりの部屋へとちょうど視線を伸ばすようにじっと耳を傾けているうちに、こん、こん、と聞こえてから次のこん、こん、まで、弟の体を揺らしているにちがいない咳と咳とのあいだの静寂が長い、長すぎるように思え、その終わらない静寂のくぼんだ底に横たわった弟の体の上にさらさらと確実に砂が積もっていくのが見えるようだった。少年は目をこすった。ごしごしと真剣にこすった。すると、「眠いのなら早く寝ろ」と苛立ち、諦めた声がうしろだか横だか体のうちだかから聞こえ、少年の体はどこを振り向けばよいのかわからなかったが、とにかく少年の体はびくりと震えた。少年は言い返そうと口をとがらせたものの、すでに口ごたえしてしまったかのように口のなかは砂でざらざらし、乾いた頬にぴしゃりと打ちつけられ、ざらざらした砂粒のような感触をそこに残すものが、父親の声なのか、ラジオから聞こえてくる声なのか、もうわからなかった。

柵からも集落からもだいぶ離れた岩がちの場所で見かけた男たちが、柵の向こうにあるという外国の町から来た者たちなのか、柵のこちら側、乾いた丘の連なる土地に住む者たちなのか、見た目だけではははっきりとしなかったが、彼らが取り囲んでいるのが、森に潜んでいる人たちの一人だということが少年にはわかった。いやむしろ逆に、暗い肌色をしたその人を数人で取り囲んでいたから、しかもその人が、自分を消し去ろうにも、しかしその場にしゃがみ膝を腰を肘を折り曲げてへそのなかにもぐりこむことは許されず、そのために体の中心を走る地面に垂直な軸に向かってすでにやせた体を内側へ内側へと折り畳んでいって自分をさらに細く小さくして一本の線のなかに消え入ることを余儀なくされて、震えていたから、彼のまわりにいるのが、柵のどちらかの側に住む家を持つ男たちだということが、つまり、彼らが柵の両側に住んでいるという意味では決して森には住んでおらず、そこにとりあえず人目を忍んで隠れている者たちを、そして何のために森に潜んでいるのかその理由を少年もぼんやりとは知っている者たちを、追い払おうとする男たちだということが少年の目にも見てとれた。少年は目をごしごしとこすったが、そして何度もこすったが、追い払おうとする男たちに逃げ道をふさがれたその暗い肌色の細い体は、体の中心を走る軸が突き刺さっているのが岩だったとしても、おそらくこの岩は逃げ出そうと駆ける足の下では簡単にぼろぼろと崩れるもろい質のものだったこともあって、この軸だけでは体を支えきれなかったからか、ぶるぶると震えていた。たとえこの軸に沿ってとことんまで折り曲げ折り畳んでいっても、体は消え去ることができず、その人の口のなかや心中で動いているにちがいない祈りや懇願などが絶対に聞こえないこんなに離れたところから少年が目をこすっていても、あの行き場を失った体は幅や厚みのない一本の線として消え入ることが許されなかった。やせているだけに凹凸の目立つ、それだけに一本の線にはなりきれない体の頭や肩やへっこんだみぞおちを、拳で棍棒で銃の先で始終小突かれているから、そして、ふつうだったら音という音の外皮を破り、なかの意味をばらばらとまき散らし、砂だらけにして、とても口に入れられないもの、使いものにならないものにする、ざらざらした砂の風にもかかわらず、それが罵りだと少年にもはっきりと感じ取れる、吹きつける砂の風よりも痛い声を浴びせかけられているから、暗い肌色の細い、関節の折れ目が折られた骨にしか見えない、けれど一本の線には絶対になりきれない体は、いまにもバラバラになりそうなほどがたがた震えて、銃やら棍棒やらで武装した四、五人の男たちに取り囲まれていた。その様子を遠目から少年がたしかに、ごしごしと目をこすりながら、たしかに見ているのに、そして弟がそこにいて兄のそばで兄の真似をして目をこすっているのに、そうだ、少年と弟が二人で見ているのに、いや少年と弟が二人だからだろうか、その人は誰からもうち捨てられて、この世界にたった一人のように見えた。でも、あの震えている人はひとりぼっちのはずがない、と少年は思った。森のなかにはたくさん同じような人がいた、いや彼は森のなかに入ったことはなかったが、森へ向かう人たちが途絶えることはなかったし、柵を越えようとするたくさんの者たちをこれまでも見てきたではないか。柵を越えようとするのはあの人だけではない。ときには柵を越えきれなかった者たちが何人もいっぺんに捕まっているところを、どこに潜んでいたのか突如現われたジープが砂煙を巻き上げて疾駆し、天地を震わせながら低空で飛来してきたヘリコプターが砂塵をまき散らした、目にしたにもかかわらず、柵を越えるのに失敗した人たちは、みんなひとりぼっちだった。

地面に刺さった震える細い線のようでいて線になりきれないいびつな棒のような体は裸にされていて、その真ん中あたりから性器がぶら下がっていた。少年は弟の体を洗ってやったとき、ぷくっと飛び出した小さな陰茎を覆う皮をめくるとそのなかにまで砂粒が入っていて驚いたことを思い出したが、その暗い肌色をした人が性器のなかに砂が入っているのかどうかを調べられている、と考えることはできなかった。もともと身につけていた垢染みた衣服をはぎ取られたその体をぐるりと囲んだ武装した男たちが、彼の大きな性器を笑いものにして侮辱する声が聞こえていたからだ。どこか歯車の壊れた、それこそ歯車に砂が入り混じったようなひきつった笑い声は、砂漠か森をねぐらとする得体の知れない鳥の群れが騒ぎ立てるおぞましい鳴き声であってもちっともおかしくはなかったが、少年と弟は、砂漠の砂に埋もれた道なき道を通るのはラクダやトヨタやニッサンの四輪駆動車であり、森にはよその土地から柵を越えるためにやって来た人たちばかり、なかには森まで一週間近く砂漠を歩いてきた者もいることを知っていたから、二人が柵からまだ遠い岩がちの場所へと行ったのは、もちろんひきつった笑い声を響かせる気味の悪い鳥たちの巣を探すためではなかった。武装した男たちの誰かが棍棒を、裸にされた体から垂れ下がった性器に近づけて大きさをくらべると、たちまちあの不気味な鳥たちの、裂けたくちばしのなかを真っ赤に染める叫びだか笑い声だかが、でも決して泣く声ではなかった、少年にも弟にもおそらく誰にも見えない鳥たちの代わりにいっせいに飛び立って砂といっしょに空高く舞い上がった。突きつけられた銃口と、いくつもの本物の棍棒から頭をかばおうとする両腕とは対照的に、だらんと垂れた性器は、その横に並べられた一本の棍棒と同じくらいか、それよりもさらに長いくらいだった。目をこすらなくても見えたが、少年はごしごしとこすった。何も消えなかった。あの嘲笑し侮辱する、くちばしがいびつに裂けて目の血走った鳥たちの声で耳がしびれていた。口でも半びらきにしてその光景に立ち会っていたのか、父親に口ごたえでもしたかのように、あるいはこれから言いあらがおうとでもするかのように、口のなかはざらざらしていて、唾をのみ込むと喉がひりひりした。黒い棒のような体とそれを取り囲む武装した男たちが消えたあとも、ずっと痛かった。

「どこに連れて行ったの?」

家に帰ると少年は父親に尋ねた。

捕まえられた体は足を引きずっていた。柵を乗り越えようとして失敗し、落下したのだろうか。かたい地面に叩きつけられたのか。それとも柵の上に張りめぐらされた有刺鉄線に皮と肉を食いちぎられ、怪我でもしたのだろうか。

柵には電流が流れているとも言われていた。ある日、少年と弟はぶつけた石に火花が飛び散るところを見ようと小石をかき集めた。けれども弟の投げた小石はぽとんと彼らのすぐ近くに落ちた。少年は笑った。笑ったが、あの奇妙な鳥たちは現われず、少年はなぜかほっとした。それから少年の番だった。

「見とくんだよ」

弟は少年の瞳をじっと見つめてうなずいた。少年は誇らしくもあり照れくさくもあった。少年は二人で集めた足下の小石の山からひとつ取りあげると、柵に向かって思い切り投げつけたが、火花は飛び散らなかった。少年はもう一度石を投げつけたが、同じことだった。横を見ると、弟が目をごしごしとこすっていた。少年も目をごしごしとこすった。砂でぼうっとかすんだ大気の向こうに柵が見えていた。少年は弟に訊いた。

「電気、ほんとうに流れているのかなあ……。ねえ?」

弟は困ったような顔をして兄を見つめ返した。少年は気を取り直して言った。

「いっしょに投げよっか?」

弟はこくりと、嬉しそうにうなずいた。二人は先を争うようにして小石を拾い、柵に向かって次々と投げつけた。すぐに小石はなくなった。柵と彼らとのあいだの大気を濁らせているのは、小石が柵にあたって発せられる煙であってもおかしくはなかったが、宙をゆうらゆうらと薄黄色の帯となって漂っているのは目の細かい砂だった。

少年は腰に手をあて、眉間にしわを寄せて弟に言った。

「もっと大きいのをぶっつけないとだめかな?」

すると弟はうしろ向きに倒れてしまいそうなくらい思い切り両手を広げて、兄に答えた。少年は笑い、まるで父親に向かって何か言うべきではないことを口にしようとしているかのように舌に砂粒がくっつくのを感じたが、決して不快ではなかった。

「そんな大きいのは持てないよ」

しかしその柵から遠いところで、遠いといっても大人たちが手にした銃の引き金を引けば火花が飛び散るのを見ることができたかもしれない距離にある場所で、滑らかな一本の線としては消えることはできなかったし許されなかったでこぼこの棒きれのような暗い体が、いくら目をこらそうともどこにも見えない不気味な鳥たちの群れの汚らしくやかましい鳴き声を浴びせかけられているのを目撃したあと、少年は尋ねるのを忘れていなかったのだ。

「あの人はどこに連れて行かれたの?」

父親は何も答えなかった。少年は訊いたつもりだったが、口のなかの砂粒が気になって、心のなかでつぶやいただけだったのかもしれない。いずれにしても父親の沈黙は少年の心についた砂をきれいに払ってはくれなかった。しかし父親は、「おまえには関係ない」とも「おれたちには関係ない」とも言わなかったのだ。

森に隠れ住む人たちについて耳にするのはよくないことばかりだった。柵のこちら側の、なだらかな丘の多い土地に点在する集落に住む者たちのあいだにも、遠い海からの、そうだ、柵の向こうには海があるのだ、風に乗って悪い噂が広がっていた。誰かが少年に直接話したわけではないが、じっとしていても砂粒が唇につき、鼻や耳の穴に侵入してくるように、少年もすでに知っていた。森に隠れ住む連中は女に乱暴をすると誰かが言った。少年は母がいなくてよかったとは思わなかった。この世にはいない母が恋しかった。「馬鹿だなあ、おまえは」と少年は言ったが、それは自分に向かってなのか弟に向かってなのか。だが、薄汚い、ぼろぼろの衣服をはぎ取られ侮辱されるところを少年が見てしまったのは、棍棒よりも長い性器がぶら下がった、がたがたと震える体だけではなかった。大きな腹は、森のなかで男たちにひどいことをされたからなのか。森に隠れ住む連中は小さな子供をさらうとも言われていた。柵を越えることに成功すれば、柵の向こうでは、いっしょに子供がいたほうが保護されやすいからだというのだ。その話を耳にしたとき、誰に、あるいは何によって保護されるのか、保護というのがいったいどういうことを具体的に意味するのか、少年にはよくわからなかったが、少年はふと幼い弟のことを考え、森から家の近くまでやって来る人たちに父親が、どうやら食べ物を分け与えているらしいことがとても気になりだした。すると砂まじりの不安は、いや不安の砂は、父親が弟をあいつらに渡したりはしないかとか、あいつらが畑のウリを盗むように弟を連れ去るのではないかといったとりとめのない形を取りながら、少年のなかで茫漠と広がり、少年を埋めてしまおうとした。いまや日本製のラジオから聞こえてくる意味をなさない音が耳について離れず、弟の寝息をかき消してしまうラジオの音が、咳でもくしゃみでもよいが、でも泣かれるのはいやだ、母さんを呼んで泣かれるのはいやだ、弟の体から発せられる音によって、ひきちぎられる瞬間、その裂け目のあいだから暗闇のなかにぽっと火がともるようにして弟の小さな体が浮かび上がる瞬間をずっと息を詰めて、だから息苦しくなってしまうのかもしれなかった、待っているうちに、ふと、少年は思った。砂嵐が吹き荒れるような音しか聞こえないのに父親がこの日本製のラジオをつけるのは、この柵の周辺の土地にいるだけで何もせずとも体にしみ込んでくる悪意、森に隠れ住む人たちを、悪臭を発する気味の悪いけものにしてしまう悪意、けれど彼らに帰せられる悪臭よりもずっとひどく、しかも有毒な悪意に入りこまれる前に、心を砂で埋めてしまうためなのではないか。だが砂だけでは足りなかった。窓と戸をぴったりと閉めていても入りこむ砂、ラジオの音に混じってやって来る砂だけではじゅうぶんではなかった。父親は森に隠れ住む人たちを家に招き入れることもあった。たしかにずっと体を洗っていないことからくるすえた汗の匂いがなかなか消えずにいつまでも、もともとそこにあったかのように、部屋のなかに残った。男たち、女たちが父親に何を言っているのかよくわからなかったが、食べ物を渡す父親に向けられる目のなかに、厚みのある怯えの影を貫いて底から浮かんでくる感謝の念を認めると、そしてときどき少年にちらりと向けられる視線にもまだその気持ちが消えず残っているのに気づくと、そのつど少年は、彼をほとんどのみ込んでいた砂の渦から、見えない手によって、見えないけれどそれが森から彼らの家を訪れてくる者たちに差し出される父親の手であるような気がしたし、少年がこんなにも執拗に目をごしごしこすっているのは、それが本当に父親の手だということを確かめようとしてなのかもしれなかったが、その見えない手によって、ぐいっと力強く引っぱり上げられるのを感じ、ひどく誇らしい気持ちに全身が内側から包まれるのと同時に、この満たされた心のうちを絶対に誰にも見せてはいけないような気がした。弟にならば見せてあげてもいいと少年は思いなおそうとしたが、自分のうちに湧いてきた充実感は、それがもしかしたら砂だけが詰まったものなのだとしても、もしも誰かに見られてしまったら、感じ取られてしまったら、そのことによって、まさに取られてしまう、奪われてしまうもののように、弟にならら分けてあげたいし、そうすべきなのに、やっぱり弟だけには取られたくないものに思えたのだ。それは砂漠の泉のように、さまざまな植物や動物や旅人たちに共有され、そこに集う者たちの渇きを癒してくれるたぐいのものではなかった。隠さなければならなかった。そのような感情は地の底にある水脈のようにあらゆる人たちの奥底でたがいにゆるやかに結びつき、静かに交流しているはずなのに。だから少年が目をごしごしこすっているのは、こすらなければならないのは、彼のうちから湧き上がってきて、自分の瞳のなかに映っているにちがいないその感情を、父親のところに救いを求めてやって来る、くたびれ果てた者たちに決して見せまい見られまいとしているからだった。

戸口に立って父親と話をしている人たちのなかに若い女が混じっていると、そしてその女の腹がせり出していると、少年は怖くなった。少年は横に立った弟の手を強く握りしめた。腹はふくらむのをやめなかった。あのおなかのなかにはもう赤ちゃんが入っているのだから、と少年は思った。もう取られることはないんだ、あのなかに弟を入れることはできないんだ、あんなにぱんぱんになっているんだから、ぜったいにあのなかに入れることはできないんだ、あのなかに砂でも入っていないかぎり、と少年は考え、なぜかぞっとした。もしもおなかに詰まっているのがぜんぶ砂だったら、砂だったら。少年は目をこすりながら、女の足下を見た。やせ細った長いすねの無数にひび割れの走った暗い皮膚の表面は、うっすらと白い砂で覆われていた。

少年は目をこすった。ぱらぱらとその白い砂が女のはいたぼろぼろのサンダルの上に落ちた。少年は恐ろしくて、もう顔を上げて、はちきれそうな腹を見ることができなかった。父親の声も女の声も遠かった。少年は目をこすった。すると少年の手のなかにないほうの手で弟も目をこすった。おまえは僕の弟なんだ、と少年は勇気づけられて思った。僕の弟なんだ。日本製のラジオの音だけが厚みを増していく部屋のなかで、父親がぽつりと漏らした。

「あんな腹でどうやって柵を越えるつもりなんだ……」

それから父は喉にからみつく痰を出そうと、しきりに咳払いをし、それが家でいちばん大きな部屋のなかをもうすでに半分ほど満たした砂の山に裂け目を開き、しかし砂は液体のように破れたかと思えばたちまちふさがり跡形も残さないので、その裂け目からとなりの部屋にいる弟が見えたことが本当のことだとはとても思えず、少年から弟を遠ざけるためだけに、そして少年と弟とのあいだを満たすためだけに、砂は流れ込んでいるかのようだった。

「誰のことを言っているの？」

少年はやっとそう言ったが、ラジオから発せられる砂嵐にかき消されて、彼の声は父親には届いていなかった。あるいは何も言わなかったのだ。あのなかに詰まっているのが砂だったとしたら、と少年はなおも思った。でも、そんな砂をいったいどうして、そしてどこに運ぶの？　何もしなくても部屋のなか、口のなか、体のなか、心のなかに入ってくるあの砂が柵を越えてまで運ぶ価値のあるものだとはとても思えなかった。大きなおなかに入れて運ばなくとも、風が運んでくれるのに。それに砂なら柵の向こう側にだっていくらでもある。向こうには海がある、仕事がある、ここよりもう少し自由がある。そのことを除けば、こちら側と何ら変わることはないと誰かが言っていたではないか。あのなかに詰まっているのが砂だったら、と少年はそれでもくり返し祈るように思った。

しかし砂ではなかった。柵から離れた岩がちの場所で捕まえられた女の体のなかに入っていたのはやっぱり砂ではなかったのだ。

「どこに連れて行ったの？」

と少年はもう父親に訊かなかった。訊く必要はなかった。

厚みも幅もない一本の線にはとうていなりきれない、いびつでゆがんだ棒きれのようにぶるぶると震えていた暗い肌色の体に銃口を突きつけ、棍棒で殴り、罵声を浴びせかけていたのと同じにしか見えない男たちに囲まれた女もまた、やせ細った腕を胸元に押しあてて、ぶるぶると震えていた。どこにもそんなものはいないのに、いるはずがないのに、内側が真っ赤なくちばしがひん曲がり目のすわったおぞましい鳥の群れのがなり立てる、痰でも切るような汚らしい叫びばかりが耳についた。女のまだ大きくなかったはずの腹がふくらみ、もう目から離れなかった。

少年はごしごしと目をこするのを忘れて、弟の顔に手をやって目隠しをした。いや、目をこするのを忘れていたのではなかった。森の奥でふくらんでいくことになる乳房と腹を目撃した弟が目をこするのを忘れてしまうのではないかと、ざらざらした砂粒のついた不安に駆られて、とっさに弟の両目を覆ったのだった。眼球がその表面に焼きつけられたものそっくりにふくらんでいくのを防ごうとしているかのようだった。しかしそのために、忘れていようがなかろうが、弟は兄の手に邪魔されて、目をごしごしとこすることができないのだった。そのうえ、彼もまた弟に目隠しをしたために、彼と弟をつなぐはずの仕草をすることができなかった。弟があいた手で自分の目をごしごしやってくれるわけでもないので、それで少年は顔を横に向けて目をぎゅっとつぶったのだが、あたかもそれは目の前で繰り広げられているおぞましい光景から目を背けようとしているというよりは、風は吹いてはいなかったが大気に漂う砂が目に入ってきて目を開けることができないかのようだったし、実際、砂粒はちくちくと目を刺して、おそらく、きっとそのために、涙が止まらないのだった。

砂でけぶった大気の先に見える柵の編み目の向こうに見えるのはまた別の柵で、その編み目の向こうにまた別の柵が見えるはずだった。でもいくら目をこすってもわからなかった。柵は全部で三つ並んでいるということだった。その三重の柵の向こうに何があるのか。海と仕事ともう少しの自由。でもここと同じような乾いた土地があるだけではないかと少年は思っていた。柵に果敢に向かっていく者たち、柵を乗り越える準備のために森に暮らす仲間たちに合流しようとする者たち、柵を乗り越えるのに失敗したが武装した連中たちには幸運にも捕まらず森へと逃げ帰ろうとしている者たち。そうした人たちが、集落のはずれに位置する少年の家から見えた。もちろん彼らのすべてが少年の家に立ち寄ったわけではなかった。少年の父親も必ずしも全員に手を差しのべることができたのではなかった。よろよろと頼りない足取りの人影が近づくのが見えたとしても、とんとんと力なくドアが叩かれても、カーテンを閉めきって家のなかでじっとしていることも多かった。古い日本製のラジオから聞こえる音が、砂が吹き荒れる音としか思えない雑音が、部屋を、家を、少年を満たしていった。その音は家の外にも漏れ聞こえていたはずだった。いや聞こえていなかったかもしれない。その音は、窓とドアを閉じているのに家のなかに侵入して、地面をうっすらと覆う砂の音そっくりだったのだから。そこかしこに足あとを、少年や父や弟が存在したという痕跡を残すことを許してくれるが、侵入することをやめないので、たちまちそうした足あとを覆い、かき消してしまう、だからそんなふうにして母の足あとを見つけることを不可能にし、そこにあったどれが腹の大きな女の足あとであったのかわからなくする砂の音そっくりだったのだから。風に乗って家の外を荒れ狂い、窓ガラスを破りそうな勢いで叩きつけてくる砂の音そのものだったのだから。外を行く人たちは、そこに家があるなどとは気がつきもせず、丘の裾を走る砂になかば埋もれた県道の脇でトヨタだかニッサンだかのばかでかい四輪駆動車から降ろされると、とぼとぼと森に向かって歩いているにちがいなかった。積み重なる砂の音の底に、父親が咳払いする音、弟の咳、そしてとめどなく膨張していく砂の不安に圧迫されていつ止まってもおかしくないし、もう止まっていて記憶でしかないのかもしれない少年の心臓の音、そうした微弱な音をたまたま耳にした者だけが足を止める。いったい何の音かと、そろそろと伸ばした手に何かが触れる。それは扉だ。そして扉が開き、どっと砂が溢れ出す。その崩れ落ちる砂の山からぬっと突き出た腕は、たしかに道行く者たちへと差し出されている。助けを求めているのだろうか。あるいは助けを求めにくる者に伸ばされているのだろうか。その腕は父親のものだろうか少年のものだろうか弟のものだろうか。その砂をかいていけば、彼らの母親の腕を掘り出せるだろうか。

そんなとき、少年は弟といっしょに父親の寝室に入り、窓際に寄せて置かれた古い木のベッドの上に二人して上がり、カーテンの隙間から外を見た。かすんだ大気の奥に森があるはずだった。森に向かって遠ざかる人影が見えた。少年はしばらく目をごしごしとこすってから、弟に尋ねた。

「消えた?」

弟はきょとんとした顔つきで兄を見上げた。砂粒ひとつ入っていないような澄んだ瞳だった。少年は笑ったが、そして口のなかに砂は感じられなかったのに、弟の瞳に映った少年は物憂げな顔をしていた。少年は目をつむりながら、カーテンをばさっと思い切りめくった。すると砂が少年と弟の顔めがけて降ってきて、弟は目をごしごしとこすった。泣きながら目をこすった。それを見ながら少年も目をこすった。

「消えた?　いなくなった?」

誰が?　何が?　と弟が問い返すことはなかった。窓の外を眺めると、もうどこにも人影はなかった。

それからこの地方によくあるように突然日が落ちて真っ暗になった。ひとしきり泣いていた弟はベッドの上に横向きになり、両膝をかかえ込むように体を丸めて眠っていた。少年はなぜかぞっとして、弟の体の下に手を入れ、ひっくり返して、まっすぐ背筋が伸びるよう仰向けにした。すると、なぜかほっとして、その横に自分も倒れ込み、うとうとしはじめたのだが、さっき弟がやっていたのとまったく同じ姿勢になっていることは知りようもなかった。

ところが突然電話が鳴って、古い日本製のラジオから漏れ出していまや部屋のなかにうずたかく積もった砂の山を揺らした。砂がざーっと激しく流れ落ちる音がやかましかった。父親は携帯電話で誰かと話していた。砂が鳴っていた。もっと強く鳴って何も聞こえなければよかったのに。そう少年は思った。父親は何も言わなかったが、誰と話しているのか少年にはわかっていた。いくら目をごしごしこすっても何も変わらなかった。森に隠れ住む人たちが柵を乗り越えて、海と仕事ともう少しの自由があるという向こう側に行かないように銃や棍棒で武装して見張っている男たちの誰かと話していた。そうにちがいなかった。死んだ母親から電話がかかってくるはずがなかったからだ。柵の向こう側にたどり着くことができたのなら話は別だったが、あの腹の大きくなってしまった若い女から電話がかかってくるはずもなかった。あの女は森のなかで死んだのだから。あのがたがたと震える棒きれのような体をいたぶっていた男たちのなかに父親の姿はなかった。若い女を囲んで、狂気と砂にまみれた異形の鳥の群れになって、女の体を、でも女の体は少年にとってはすでにひとつのおなかだったから、なかに砂ではないものが入ってふくらんでいたおなかだったから、女の腹をついばんでいた男たちのなかに父親の姿はなかった。柵から遠く離れたところで幾度となく目にしてきたそうした光景のなかに父親の姿はなかった。そのためにこそ少年は目をごしごしとこすった。こすらなければならなかった。弟もまたこすらなければならなかった。そうすることによってしか二人は兄と弟にならないかのようだった。

だが、いま、ごしごしと目をこする少年に何がわかっただろうか。少年が覚えているのは、ある日、それほど遠くない昔の明け方近くに、柵からはまだ遠い岩がちの場所から、なぜだか少年にはそこからだとすぐにわかったのだった、父親が帰ってきたことであり、しかし少年が目覚めたのは、父親が帰ったからでも、ざらついた砂を含んだ風が吹き荒れていたからでもなく、弟がこん、こん、と乾いた咳をしはじめたからで、少年は弟といっしょに眠られなくなり、すると家の外で、何かがうごめくのが感じられ、耳を澄ますと、驚いたことに、それは音を感じる一枚の巨大な鼓膜である世界の表面を覆い尽くすあの砂の音ではなくて、父親が数人の男たちとしゃべっている声であり、少年は自分が寝ぼけているのではないかと一瞬考え、こん、こん、という弟の咳が途切れる合間に、あの古い日本製のラジオの音を探してみたが、父親はラジオのスイッチを切って出かけていたために、家のなかにはまだ砂に埋もれていない隙間がたくさんあり、そのぼろぼろはがれ落ちていく空洞の内壁を、弟の咳がこん、こん、と叩き、弟の丸められた小さな背中は苦しそうに揺れ、ラジオの音が消えたことによって大気からも砂が減ってしまったのか、あるいは急速に冷却される夜といっしょに砂も凍りつき空を舞うことができなくなってしまったのか、まだ朝よりも夜のほうが色濃い空には、星がいっぱい、そして弟は苦しそうだったけれど、弟の咳に合わせて星々はまたたき、今度はそのまたたきが、巨大な宇宙を背景に、たぶん母親の手と重ねあわされた少年の手といっしょに弟の背中をさすり、少年といっしょになって、そしてたぶん少年の母親といっしょに「かわいそうに、かわいそうに」とささやいているのであり、少年のなかではあの砂まじりの不安がどんどん広がり大きくなっているにもかかわらず、いつもであればすでに感じているはずの圧迫感、あの窒息する感じが消えていたのだ。あたかも少年の体が、三重の柵と森のあいだに広がる砂漠に含まれたすべての砂を含んでもまだ余りあるほど大きくなり、それどころかすべてを包み込む夜そのもの、もう朝は間近に迫っておりそれが長続きしないとはいえ、になったかのようだった。そしてどこまでも広がっていく空間のどこかに、柵から離れた岩がちの場所であろうがなかろうがもうどこでもよかったが、棍棒のような性器をぶら下げた棒きれのような体が棒きれのように倒れるのが見え、すでに限界までふくらんでいたか、あるいはこれからぱんぱんにふくらむことになる腹の上についた黒ずんだふたつの瞳が、濡れた、砂で汚れた視線でこちらを見たような気がしたけれど、あのびっしりと生えた羽根の隙間という隙間にざらざらした砂粒とねとつく狂気が入りこんだ不気味でおぞましい鳥の群れたちが無数の翼を打って騒ぎ立てる恐ろしい声も弟の咳もぐいぐい遠ざかり、かすれ、ついにまったく聞こえなくなり、少年にほかならないこの伸び広がっていく空間が、砂煙を巻き上げて東から近づいてくる朝のはじまりのまっすぐな線に向かってなだれ込んでいくその瞬間、戸口のところに立った父親の腕のなかのぼろ切れの包みが目に入り、だが、目をこする間などなかったにもかかわらず、父親が生まれたばかりの赤ん坊を抱いているのが見えたが、父親はまだ首のすわらないその小さな子をいっしょにいた男たちの一人にもう渡しており、だからそのとき少年は赤ん坊の首ががくんとなるのを見て怯えたのだが、赤子を連れ去る男たちに背中を向けて、朝と砂といっしょに家のなかに入ってきた父親は、そのあいた手をテーブルの上に置かれた古い日本製のラジオへと伸ばし、スイッチをひねり、すると、たちまち部屋のなかは砂で満たされはじめ、その砂があるからこそ、砂の音とはちがう弟の咳が戻ってきて、この砂がからっぽになってしまったあの女の腹を満たしていく様子を見なければと、敷居のところに立ったまままいつまでも目をごしごしやっている息子に、ひどく疲れきった様子の父親は、「おまえには関係ない」とも「おれたちには関係ない」とも言わず、ただ「眠たいのならまだ寝ていなさい」とだけかすれた声で、少年の舌についた砂粒をまるで息子の代わりにぺっと吐き捨てるようにして言ったのだった。

あなたのまわりのちぢこまった世界が広がるように、ほほえみなさい、とわたしは娘に言った。家々も木々もそれらを支える地面も、背景を作る灰色の空も、それぞれの形を保っていた。でもすべてが身をこわばらせていた。そう、わたしたちのまわりの事物はふだんどおりの姿をしていたけれど、何もかも根こそぎに運び去ろうとする大きな流れにさらされていて、これ以上遠くに持っていかれないように、必死にこらえていた。出入りする人がいないのに家々のドアが開いたままなのも、一日のうちに何度か遠くの線路の上を走り去る列車の音が届いてこないのも、地面と鼓膜の底をつつく鶏たちのこっこっこっこという声が聞こえないのも、静寂のかけらに混じって砕けた陶器の破片とか子供のおもちゃとか衣類などがそこらに散らばっているのも、そして開け放たれた窓の向こうでカーテンだけがじっと重く外をうかがっているのも、住人たちがとりあえず必要な家財道具だけをかき集めて逃げ出したからではなく、抵抗しがたい大きな流れが通り過ぎたからだとわたしは思った。いや、通り過ぎたわけではなかった。動きはまだ続いていた。やまなかった。事物はその流れに運ばれてどこかに吸い込まれようとしていた。流れはどこに向かっていたのだろう。役場の前の広場ではなかっただろう。人が呼び集められるたびに意外なほど大きなことがわかる広場の南側に設置された回転木馬は、もう二度と子供たちの歓声や嬉しそうな真剣な表情からなる渦を作ることはないのだから。どこからどこへ向かっているのかはわからないけれど体を押しているのが感じられるその流れに、世界を満たすあらゆる事物はいまのところ持ちこたえていた。でも、それぞれのなかにある大切なものを足下からじわじわと確実に奪われているようだった。少しずつ養分を吸い取られ、内実を失いつつあった。だから世界は身をかたくして、これ以上何も失うまいとした。わたしもそうだった。身を閉じるように、胸のなかの娘を強く抱きしめていた。

でも、と思い直した。わたしはちがう。わたしには娘がいる。わたしの体から流れ出るものは、すべて娘のなかに吸い込まれていく。そう、何にも奪われることはない。でも、そんなことを考えても、スカーフのように首にきつく巻きついた空間がするするとゆるんで、胸のつかえが少しでも楽になることはなかった。心を体からひき離し、遠くに逃がしてやることができなかった。何もかもわたしたちに重くのしかかっていた。腕に抱いた娘がどんどん重くなった。押し寄せてくる世界に、体を丸めて耐えている娘に向かって、わたしはもう一度ささやいた。

ほほえみなさい。

けれど、周囲の世界も乳首に吸いついた娘の口もゆるむことがなかった。まるでわたしは吸い出されまいとして娘にそんなことを言ったかのようだった。でもわたしの中身が吸い出されたとしても、すべては何ひとつ余すところなく娘のなかに収められ、娘を養う。この子が重くなっていくのは喜ばしいことだった。それに、わたしが娘を離そうとしないのだから、この子とわたしはひとつなのだから、わたしの腕が重くしびれているのだとしても、それはもうわたしの腕ではなく、娘とわたしの腕なのであり、もしかしたらすでに娘のものでも私のものでもないのかもしれなかった。だから、疲れなどあるはずがなかった。娘に吸われるわたしが、わたしを吸う娘が、ふたつがひとつになったものが、疲れるはずがなく、疲れてもう動けないのはわたしではなく、絶対にわたしではなかった。

道の真ん中でおばあさんがうつぶせになっていた。片方の頬を地面にぴたりとくっつけていた。頭をすっぽりと覆っているスカーフがずれて、銀色の髪が溢れ出していた。空には低く雲が垂れ込め、太陽の光の侵入を阻んでいた。おばあさんの髪は雲と同じ色をしていた。

何をしているの?

以前、いまと同じ格好で泥のなかに突っ伏しているおばあさんにそう尋ねたとき、答えは返ってこなかった。

耳はふたつあるのにねえ。

わたしは娘のちっちゃな耳、わたしの乳房に埋もれていないほうの耳を、こちょこちょとくすぐりながら、そのすっかり冷たくなった迷路の奥に吐息を吹き込むようにして言った。おばあさんの一方の耳は地面にぴたりと寄せられていたけれど、もう片方の耳のところには、空へ向けて、すでに枯れつつあるのか、黒ずんだ緋色のいびつな花弁を持つ花が咲いていた。

おばあさんの頭はいつもスカーフにすっぽりと包まれていた。たしかに、倒され、顔を地面に押しつけられるようなことがあれば、スカーフは耳のなかに入ってこようとする泥を食い止めることができるのかもしれない。でも、たかだかスカーフ一枚で世界にざわめく無数の音たちの侵入を防ぐことができるだろうか。あんなに薄くては、あの大きな音から、世界を満たすそのほかの音たちを驚いた小鳥の群れのようにいっせいに飛び立たせ、あとに巨大な穴のようながらんとした静寂を作り出した大きな音から、耳を守ることができるはずがなかった。実際、鳥たちはどこかに飛び立ってしまった。

わたしはじっと待っていた。おばあさんが起き上がるのを待っていた。

何のために？

おばあさんに尋ねてみたところでわたしが欲しい答えは何ひとつ返ってこないのはわかっていた。それに欲しい答えがすでにあるのならそもそも尋ねる必要もなかった。毎朝、蜜の色をした朝の光が流れ込んで濡れたように輝く庭に、一羽また一羽と吸い寄せられるようにして舞い降りてくるのをわたしが飽かず見つめていた小鳥たちがいっせいに飛び立ったのは、窓ガラスが突然割れたからだった。

がしゃん。

ガラスが砕ける音がして、翼のないわたしは、娘を抱いたままとっさに台所の床にしゃがみ込むしかなかったのに、小鳥たちはいちように空に舞い上がったのだった。そのとき一瞬でも地上に残されたわたしたちのことが頭をよぎっただろうか。わたしたちを置いていくことにうしろめたさを覚えてほしいというのではない。恨んでいるのでもない。ただ、わたしのほうは毎日飽かず鳥たちを見つめ、考えていたのだ。地面をつつく鳥たちを見ているとき、わたしはずっと鳥たちといっしょだった。もちろんわたしのひとりよがりな思いでしかない。小さな鳥たちのなかにわたしたちが占めることのできる余地などなかったとしても仕方がないとは思う。でもせめて一人くらい何とかならなかったのだろうか。なったはずだ。だって娘はこんなにも小さいのだから。わたしは無理でもせめてこの子だけでも。しばらくして起き上がり、木の枠に割れたガラスの残った窓から外を見た。畑が見えた。ところどころにこんもりした黒い森がいくつも見えた。森たちが何かを隠しているとしたら、それは悪意とか憎悪と名づけうるほどのものではないにしても、わたしにとって、わたしと娘にとって、決して好ましいものではないように思えた。森たちはじっとこちらをうかがっている歩哨だった。それぞれ孤立し、たがいのことなどさも知らぬふりをしながら、ときどき目配せしあっているように思えた。わたしの心臓は激しく打った。わたしの波打つ胸に片耳をきつく押しあてているのに、娘は目を開けもしなかった。娘の寝息を耳にしていれば気持ちも落ち着くかもしれない。そう思ったけれど何も聞こえなかった。耳を澄ませた。でも聞こえなかった。家の敷地と畑を区切る田舎道に植えられたポプラの木はいつの間にか葉を落としていた。風が吹いているのかどうかもわからなかった。ポプラの木はそれ自身の燃えかすのようだった。それが緑の炎に包まれていたとき、燃え上がるものがどんな音を立てていたのか思い出せなかった。振り返ると、台所の床に黒ずんだものが落ちていた。焼けこげた小鳥の死骸ではなかった。そこらじゅうに広がる泥にまみれた石ころだった。拾い上げれば、ほんのわずかではあれ、大地の負担が軽くなる。手に取った人はそのつもりはなくてもそういうことをやったのだ。石を投げつけ、ガラスが割れる。でもそれだけではない。ずしんと倒れた者がいたとしても、立っていたときと重さが変わるわけではない。決して大地の負担が増えるわけではない。石を投げれば、ほんの一瞬とはいえ、石ひとつ分、そして飛び立つ小鳥たちの分、大地の背負ったものを軽くしてやれる。でもそのためにせっかく集まりはじめた小鳥たちが追い払われてしまったことは残念でならない。どこかから吹きこぼれるようにして流れ込んできた蜜の色をした光が、暗く冷たい夜が去ったあともまだかたく閉じていた地面の緊張をようやくときほぐし、小鳥たちを受け入れさせようとしていたから。長い夜の闇のなかで凍りついていたときの記憶が羽根に染みつき、どれもこれも暗い色に覆われていた鳥たちが、小さな体にはかかえきれない陰鬱な記憶を植えつけようと地面をつついていたのに。それは重荷となった記憶を譲り渡すと同時に掘り起こすことでもあった。いや、何よりも、ゆるめられ身をひらきつつあった大地の表面近くにまで上がってきていたものを掘り起こすことだった。

おばあさんが地面に突っ伏していたのも、地表に現われようとしていた何かを全身で感じよう、受けとめようとしてのことだったのかもしれない。

何をしているの?

尋ねたところで、おばあさんは答えてはくれなかっただろう。片耳は泥のなかにうずもれていた。灰色の空へと向けられたもう片方の耳があるべきところには、濃い緋色の花が、目を背けたくなるようなむごたらしい花弁を、つやのない銀色の髪の上に広げているだけだった。

世界がわたしに向かってさらに収縮してきた。わたし自身はほほえむことができなかったので、娘に言った。

ほほえみなさい。

いーっひっひっひ。

高笑いのようないびつな声が響き渡った。

暗い海の上に浮かんだ群島のような黒い森をわたしは見た。そんないやらしい笑い声を上げる鳥たちがいるのは森だった。わたしは思い出す。沈んだあとも地平線のすぐ下でぐずぐずする諦めの悪い太陽のせいで、すり傷のような白い雲を浮かべた薄い青の輝きが、星々を運んで東から流れ込んでくる暗い青になかなか場所を譲ろうとせず、昼と夜がふたつの潮の流れのように、けれど潮の流れとはちがって境目ははっきりとは見えないまませめぎあっている夏の空には、鳥たちのいやらしい笑いが、木々の幹をぶ厚いくちばしが仮借なく強打しえぐる音が、響いたものだった。でももう夏ではなかった。太陽は地平線の向こうにたちまち落ちた。破廉恥な笑い声も一心不乱なくちばしの打撃音も、あらゆるものの内部に沈黙の大きな穴を炸裂させる轟音によって吹き飛ばされ、どこかに消えてしまった。

いーっひっひっひ。

ロバが一頭、おばあさんのかたわらで道端の草を食べていた。草を食べながら畑の向こうに見えていた地平線もいっしょにむしゃむしゃと食べていた。それがいま頭をもたげ、わたしを見ていた。黒ずんだ唇がめくれ上がり、黄ばんだ大きな歯と色褪せた桃色の歯茎の表面に草の切れ端がついていた。ロバの背中には家財道具が入った袋がいくつも積み重ねられていた。

あなたじゃないわよね？

わたしはロバと視線が合わないようにうつむき、腕のなかで動こうとしない娘に向かって訊いた。不安になった。かりにロバが答えてくれたとしても、言っていることがわからなかったら？　一方で、もしかしたら耳をいつもスカーフで隠したおばあさんの声でロバがしゃべり出すかもしれない、とも思った。もうずいぶん以前から、あの耳を聾する轟音が大気を、地面を、揺らしていた。ネジやら金具やらボルトやら金属製の部品が入ったとてつもなく大きな箱を思い切りひっくり返したような音だった。この世界は機械仕掛けになっていて、いたるところが壊れているかのようだった。地中深くだか空の奥底だかでは、修理をほどこすために、機材や工具を詰め込んだ箱を担いだ巨人たちが走り回っているのだけれど、巨人たちは忙しすぎて、あるいは疲労から、注意散漫になって思いきりけつまずき、箱を放り出してしまう。箱の中身がぶちまけられ、巨人たちが地面にどっと投げ出される、とてつもない衝撃によって、おばあさんとロバの中身が入れ替わってしまったとしたら？　そんな思いが頭をよぎり、思わず口元がゆるんだ。

いーっひっひっひっひ。

いやらしい笑い声が漏れ出ないように片手で口を覆った。でないと、わたしとロバが入れ替わったということになりかねないから。でないと、娘が、わたしの乳首をくわえているこの子が、おばあさんだってことになってしまうから。わたしの胸のなかでじっと動かないこの子がおばあさんだったらまだましだ。もしも地面にうつぶせに倒れているのがおばあさんのままで、いまふたたび頭を垂れて道端の草を地平線ごとむしゃむしゃ食べているロバが娘と入れ替わってしまったとしたら？

いーっひっひっひっひ。

わたしは笑いをこらえようと醜くゆがんでいるにちがいない口元を慌てて片手で隠した。

何がおかしいの？

わたしは困惑して言った。そうだ。いったい何がおかしいのだろう？　もしもこの子がロバだったら、あの黄ばんだ頑丈そうな歯、ハンマーで力いっぱい叩いたら火花が飛び散って、きーんと小気味のいい音を返してきそうな歯で、わたしの乳首はとっくのとうに無惨に嚙みちぎられているにちがいない。ロバはその血と乳の味のついた肉のかけらをよく味わうこともせず、赤ん坊のように満足した様子などひとかけらもなく、わたしの胸をえぐる激しい痛みにもまったく鈍感に、口のなかにものが入れば何であれ嚙みしだくようになっているからと、ただ機械的にむしゃむしゃと口を動かしつづけるだろう。むしゃむしゃ。くっちゃくっちゃ。粘つく音が耳につく。けれど、そんなふうに考えてしまうことのどこがおかしいのか？

何がおかしいの？

でもわたしの腕のなかにいるのがロバだったら、何を言っても無駄だろう。わたしは腕のなかの娘を見た。娘の片耳はわたしの心のうちの声を聞こうとするように乳房に押しつけられていた。だからわたしはもう一方の耳をさわった。すっかり冷たくなっていた。この子の耳はこんなに小さいの。こんなに愛らしいの。ロバの大きな耳とはちがう。

全然ちがう。

わたしは声には出さなかった。そう心のなかで叫んだ。ところが草のあいだに頭をなかばうずめていたロバの耳がぴくりと動いた。そしてちらりとわたしのほうを見たのだ。間違いない。あのやさしいけれど、すべてを諦めて甘受するようなひどく悲しい瞳でこちらを見たのだ。うろたえて、わたしは視線を下に向けた。娘を見た。この子はいつもと変わらぬ様子で眠りこけている。どんなときでもぴったりと耳を押しつけているものだから、わたしの胸のなかの、荒れ狂うよどんだ言葉や感情に慣れっこになってしまったのかもしれない。鼓膜を突き破ってこの子のなかになだれ込もうとする叫びとか、腐敗臭を放ちながら鼓膜にべたべたと粘着する繰り言にも、眠りを邪魔されることはもうないのかもしれない。でもいったいいつになったらこの子は目を覚ましてくれるのかしら？　ちょっとやそっとのことでは、この子の死んだ水のような平穏をかき乱すことはできない。そうだとしたら、この子には想像もつかないような何かどす黒く、醜く、汚らしく、いやらしく、おぞましいものを心のなかに呼び寄せなければならない。それなのに、思いつくことといえば、あのしばらく前から響き渡り、鳥たちも鳥の声も二度と戻ってこられない遠くへ追い払ってしまった轟音のせいで、おばあさんとロバが入れ替わってしまったんじゃないか、この子とおばあさんが入れ替わってしまったんじゃないか、この子とロバが入れ替わってしまったんじゃないか、そんなくだらないことばかり。轟音は、沈黙の穴をそこらじゅうにうがちながら、そのなかにいかなる音も招き寄せたり呼び戻したりすることはないのに、わたしのなかを、尽きることなく湧いてくるたわごとの泡で埋め尽くす。それがくすぐったいのか、ついつい唇がめくれ上がる。声を上げるのをこらえているからいいものの、もしも声が出ていたら、きっとどうしようもなく気味が悪く下劣な笑いが体の奥底からせり上がってくるにちがいない。

ごめんね。

わたしは、おばあさんでもロバでもなく、娘に、わたしの娘にだけ聞こえるようにささやくのだけれど、こんな母親に愛想を尽かしたのか、娘は返事をしてくれない。わたしの乳首をくわえた娘の唇は動かない。

わたしは絶望していたが安堵もした。もしも娘がいま口をひらくとしたら、何を言うだろう？　この子はわたしの胸のうちにずっと耳を傾けてきたのだ。きっと聞きたくもないことを耳にしてしまったこともあったはずだ。それなのに何も言わない。言おうとしない。それは母を思ってのことなのだ。母を傷つけまいとしてのことなのだ。なんていじらしい子。かわいい子。わたしは腕にさらに力を込めて娘をぎゅっと胸に押しつけた。乳腺からあたたかい歓喜の乳が溢れ出した。

いーっひっひっひっひ。

笑い声が聞こえた。でもかまわない。もっと、もっと強く娘を抱きしめた。乳はわたしの胸を濡らした。そのあまりの勢いに娘がむせることを恐れた。もしも乳房が衣服に覆われていたとしたら、彼女がくわえていないほうの乳首の上にまあるい染みが浮き上がって、どんどん大きくなっていったことだろう。乳白色の歓喜の波が円を描きながら触れるもののすべてを次々と浸し、やわらげ、のみ込んでいくのをわたしは想像した。世界はその輪のなかに収められ、輪とひとつになり、そして輪は広がるのをやめない。その中心にはわたしと娘がいる。そう。これがほほえみなのだ。

ほほえみなさい。

わたしがささやきかけるとき、この子が口元に浮かべなくてはならないのは、このほほえみなのだ。

いーっひっひっひっひ。

ちがう。そうじゃない。あまやかな乳白色に泡立つ歓喜の波は過不足なく広がっていくのに、娘のなかにどうしても入ることはできなかった。乳首とそれをくわえた娘の唇の隙間から乳がとめどなくこぼれ落ちていた。乳は白い筋となって、ぐっとわたしの胸に寄せられた彼女の顎のところに流れ落ち、濁った白い溜まりを作っていた。まるでわたしが娘を乳によって溺れ死なせたいと思っているかのように。どうせ死なせなければならなかったのなら、わたし自身の乳のなかで死んだことにしたい。そう望んでいるかのように。一瞬のうちに鋭い後悔に刺し貫かれた。心のうちに現われたそうした暗い影、諦めとも欲望ともつかないものをうろたえて追い払おうとした。動揺する心は激しい揺れによって暗い影をぐちゃぐちゃにした。でも、思い浮かんだ瞬間に悔恨するようなものが出現してしまった事実を消し去ることはできなかった。わたしは娘の顔を覗き込んだ。わたしの胸に耳を寄り添わせ、顔から胸にかけて乳でぐっしょりと濡れた娘は、それでも表情ひとつ変えることはなかった。聞かなかったふりをしている。かわいい子。いじらしさはとめどなくこぼれ出る乳となってますます募った。それなのに、乳腺に乳が詰まり、乳房に収まりきらない乳が溢れ出しているのに、強欲な母は満足できないのだ。もっともっと飲んで。もっともっと。乳を飲んでくれないのだとしても、せめてほほえんでほしかった。何か言ってほしかった。乳が白い筋となってこぼれ落ちている口を動かしてほしかった。意地悪な母だった。

ほんとは聞こえたんでしょ？

わたしは人差し指で娘の頬をくすぐった。わたしと娘のあいだにたまった乳は生あたたかく、乳房はほかほかと火照っていたのに、娘の頬は冷たかった。

いーっひっひっひっひ。

それがわたしの発したものであろうがロバの発したものであろうが、もう何だってよかった。わたしはただ知りたかった。わたしの声が、この子に、娘に聞こえているのかどうか知りたかった。なのに、わたしは娘が口をひらくのが怖かった。娘が口をひらいてくれたとしたら、飲まれることなく口をいっぱいに満たしている白濁した乳が、ごぼごぼっと音を立てるだけだから？　そして、その泡に混じって発せられているかもしれない言葉を、わたしが理解することができなかったとしたら？　乳に溺れながら、娘が声を上げ、しゃべっている。なのに、それが理解できなかったら？　娘の発する声に含まれているものが、この子の死などという思いが一瞬頭をかすめるだけでも耐えられないのに、この子の死を望んでしまった母に対して向けられた悲しみなのか、怒りなのか、それとも赦しなのか、わたしにわからないのだとしたら？　もしもわたしに話しかけているのが、ロバだったら、わからなくても仕方がない。諦めもつく。いま、轟音になぎ倒されたポプラの木に行く手をふさがれた泥でぬかるむ道にうつぶせに寝たおばあさんの、ぴくりとも動かない頭に口バは鼻先を近づけて、大きな口をもごもごと動かしている。ロバはわたしを見ていた。見ていたのかどうかわからないけれど、少なくともその視線のなかにわたしはいた。長いまつげの下の潤んだ瞳は、見ることは同時に、諦めること、耐えること、何も感じないことだと教えていた。ロバの視線のなかで、わたしはそこにあることを許されていたが、わたしの存在は諦められ、耐えられ、そして感じられていなかった。それがひどく腹立たしく、途方もなく悲しかった。ロバはもごもごと口を動かし、スカーフが取れてむき出しになったおばあさんの耳元に何かささやいていた。聞こえたとしてもわたしに理解できるはずもない。声をひそめる必要なんかないのに。でも、おばあさんにはロバが言っていることがわかるのだろうか？

わかるのだろう。なぜならわたしにはおばあさんの言うことがわからなかったから。かつておばあさんがいまと同じように道に倒れているのを見たとき、娘は腕のなかにはいなかった。まだおなかのなかにいた。もちろんそのころ、この子が女の子だということはわかるはずもなかったのだけれど。重たいおなかのわたしが近づいていったとき、わたしよりもわたしの心に近いところにいたこの子がへその緒を強く引っぱった。それでもわたしが止まろうとしないものだから、握りしめたちっちゃな手でわたしの心を叩いた。警鐘を打ち鳴らすように激しく打った。そのとき不意に思った。それまで時おり空いっぱいに狂ったように鐘の音が鳴り響いていたのは、家々の庭や畑や木々の梢から鳥たちを空に追い立てるためではなかったのだ。わたしは心をどんどん叩かれながらも安堵した。あまりに激しく打たれるものだから胸は痛かったけれど、わたしは両の手のひらをぱんぱんに張ったおなかにあてがい、ささやきかけた。

ねえ、あれはわたしたちを、そう、お母さんとあなたを追い出そうって鳴らされていたものじゃなかったのよ。

けれど、娘はいっこうに叩くのをやめなかった。まるでわたしの言っていることが間違っていると抗議しているかのようだった。まるでわたしがこの子に対して耳だけでなく心までも閉じているかのようだった。まるでわたしがわが子を暗闇のなかに閉じ込め、どこにも行かせまいとしているかのようだった。どん、どん、どん。あけて、あけて、あけて。恐怖に駆られて、娘は扉を強く叩いた。わたしは怖かった。わたしの不安と恐れが、へその緒をつうじて、この子に巣くってしまったのかもしれない。この子が成長することは、だから、わたしの不安と恐れが大きくなっていくことだった。どんどん、どんどん。娘は叩きつづける。

ねえ、やめて。お願いだから、やめてちょうだい。あなたのできたばかりの手が壊れちゃう。お母さんがさわる前に壊れちゃうから。

娘は聞いてくれなかった。わたしの言葉や思いに抗議しているだけではなかった。ここから出して、出して、出してよおお、と訴え、叫んでいた。泣きわめいていた。誰よりも、そう、ついぼんやりとして心のありかを見失うわたし自身よりも、たぶんわたしの心のそばにいる娘には、わたしの感じ考えていることがわかるのに、おそらく耳が形づくられる以前からはっきり聞こえていたのに、そう、聞こえていたにちがいないのに、わたしには娘の言いたいことがわからなかった。

言いたいことがあるなら、はっきり言って！

娘に負けず叫んでいた。娘に返事ができないとは考えなかった。彼女にまだ口ができていないとは言わせない。あなたにはこれからたくさん、たくさんたくさん、お乳を吸ってもらわなければならない。だから、かりにあなたの体を形づくるほかのものがまだできていなくても、かりにあなたそのものがまだ完全にはできていなくても、口だけはできていなければならない。あなたができたてほやほやの口をそんなことに、お乳を吸う前に言葉をしゃべるなんてことに使いたくないのならそれでもいい。だったら、すぐあなたの目の前にある、そう、濁った羊水のなかであなたはたぶん目をつむっているし開けても何も見えないかもしれないけれど、あなたの顔のすぐそばにある、わたしの心に、ただそっと羊水にふやけたやわらかい唇を寄せてくれるだけでいい。そうしたらあなたの心の震えはわたしに伝わるはずだから。伝わるから。

それでも娘はやめなかった。むしろひどくなった。わたしの心は娘のちっちゃな拳で打ち鳴らされた。鳥たちが飛び立ち、静寂がぽっかりと取り残された空間に、鐘の音が激しく鳴り響いていた。そして村役場の塔の上の鐘でもなければ、わたしの心でもなく、空間そのものが、錯乱した巨大な手によって打ち鳴らされ、じわじわっと底のほうから赤熱していくのがありありと目に見えた。

胸は苦しく、頭はぼうっとなっていた。娘が暴れていなければ、そのまま意識を失っていたかもしれない。娘はへその緒を握り、引いていた。わたしが落ちていくのを防ごうとしていた。力をこめたらそのために壊れてしまいそうな手で、ぐいぐいっとさらに強く引っぱった。わたしを行かせまいとしていた。

でもどこに？　わたしがあなたを置いてどこに行くのよ？

娘は答えてくれなかった。羊水が激しく揺れたせいなのか、船酔いしたように頭が重だるく胸がむかむかした。それでもわたしはおばあさんをかかえ起こそうと手を伸ばした。そのやせて骨ばった肩に手を置いた。体がびくっと動いた。わたしの体？　おばあさんの体？　娘の体？　声が聞こえた。誰の声？　何を言っているのかはっきりとは聞き取れなかった。わたしは言った。叫ぶような大声だった。

だいじょうぶですか？

地面に片方の頬を寄せたまま、おばあさんはわたしにちらりと目を向けた。でも、見てはいけないものを目にしてしまったかのようにまぶたを閉じたのだった。いや、それはわたしの思い過ごしかもしれない。なぜなら、おばあさんの口は動いていたから。おばあさんは何か言っていた。でもわたしにはわからない。おなかのなかの娘は相変わらずへその緒を引っぱって、わたしを止めようとしていた。わたしはおばあさんを仰向けにひっくり返し、背後から両脇に手を入れて上体を起こしてやろうと思った。ところがおばあさんの体は動かなかった。やせ細ったおばあさんがそんなに重いわけがなかった。おばあさんは全身でわたしを拒絶していた。わたしの思い過ごしだろうか。おばあさんが倒れていると考えたこと自体が勘ちがいだったのだろうか。

わたしは娘の制止を振り切って、おばあさんに尋ねた。どうしてそんな大きな声で叫ばなくてはいけなかったのだろう。

何を聞いているんですか？

でも本当のことを言えば、そのときだってわかっていたのだ。おばあさんが返事をしてくれないことは。ちがう、そうじゃない。かりにおばあさんの口から何か音が発せられたとしても、わたしに向けられたものかどうかわからなかっただろう。おばあさんの舌を、喉を動かしているものがあったとしても、それが言葉なのか唸りなのか呻きなのか、わたしにはわからないだろうから。そもそもおばあさんがわたしの問いかけを理解できたかどうか。たぶんできなかっただろう。そう、娘に言われなくても、そんなことはみんなわかりきっていたことだった。だったらなんでわたしはおばあさんに尋ねたのだろう。どうしてそんないやらしい痙攣したような笑い声が響いていたのだろう。

いーっひっひっひっひ。

世界がちぢこまってしまったからだろうか。身をこわばらせ、運び去られまいと抵抗していたからだろうか。おばあさんは地面に倒れ伏しているように見えるけれど、本当は地面にしがみついて、流されまいとしているのだろうか。わたしはおばあさんの手を見た。雲間から太陽の光が差し込み、道の上のぬかるんだ泥はつやつやと輝いた。

溶けたチョコレートみたい。

わたしはささやいた。おなかのなかにいたころは、口に出さなくともわたしが胸のわくわくするようなことを思うだけで、娘もまたわたしの心のいちばん近くにあった体を嬉しそうにびくんと痙攣させて、わたしの心はさらに弾んだものだった。腕のなかにいる娘は、乳が充満し火照る乳房に阻まれていても、わたしの心のいちばん近くにいることには変わりないのに、もうぴくりとも動こうとはしなかった。溢れ出る乳に押されて、小さな唇が乳首からはずれていた。重たいまぶたと同じくらいにうっすらとひらかれた口のなかには、乳がたまり、まぶたの隙間から見える目と同じ、濁った暗い光が宿っていた。わたしは目をふたたびおばあさんの手に向けた。指の周囲の泥にはえぐれた跡があった。地面と大気を震わす轟音に脈動する流れに対する抵抗の跡だったのだろうか。おばあさんはその流れに連れ去られまいとして地面にすがりついていたのだろうか。もしかしたら、おばあさんもまた、流れが過ぎ去ったあとに残されたもののひとつだったのかもしれない。だったらわたしも娘といっしょに、おばあさんのように全身を地面に委ねるべきなのだろうか。おばあさんのように泥のなかに耳をうずめたまま、地表近くまで浮かび上がってきて、体のなかの空隙を埋めようと耳から泥といっしょに侵入してくる大地のささやきに耳を傾けるべきなのか。

大地のささやき?

そんなものが聞こえるはずがないじゃない。冗談じゃない。口のなかに入った泥を吐き出すようにぺっと唾を吐き捨てたくなった。口元がひきつった。わたしの乳のなかに泥でも混じっていたのだろうか。あるいはガラスのかけら、砂粒でも。乳首をもうくわえていない娘の口元から目が離せなかった。

いーっひっひっひっひ。

おばあさんも、そのすぐかたわらに立ったロバも、もう見なかった。スカーフの取れたおばあさんの頭に顔を近づけたロバは、でも青い草とぼさぼさの銀色の髪を取りちがえるほど馬鹿ではなかった。ロバは濡れた鼻先をおばあさんの首のあたりに押し込んで、おばあさんの体をひっくり返そうとした。おばあさんだかもはやおばあさんではないものだかはついに諦めて、ごろんと裏返しにされた。でもわたしは見なかった。おばあさんの泥か体から流れ出たもの、でも決して乳ではないものに濡れた胸元に、ロバが鼻先をうずめるのを見なかった。ロバの口は、その大きく力強く辛抱強い歯で、しおれた皮の袋のような乳房を揉みしだき、嚙みちぎることができたとしても、決して乳を吸うことはできない。ロバはそのことに気づいたかのように、ぴたっと口を動かすのをやめ、重たく長い顔をもたげるだろう。鼻先に流れているものに、泥と鼻水と、もしかしたら涙が混じっていたとしても、乳だけは絶対に混じってはいない。ロバはちらっとわたしを見るけれど、その瞳は、すべてを諦め、耐えしのび、見ているのに何も見ていないとかたくなに言いはっているので、わたしと娘はそこにはいない。わたしたちはもうどこにもいない。でも、わたしのいるどこでもないそこと、娘のいるどこでもないそことが同じ場所になるように、娘のかすかにひらいたまぶたの奥の瞳に映っているのはわたしでなくてはならないし、わたしもまた腕に抱いたこの子だけを瞳のなかに収めなくてはいけない。ロバの唇がめくれ上がり、黄ばんだ歯の突き刺さったぬらぬらと輝く歯茎がむき出しになる。

いーっひっひっひっひ。

わたしは娘の口元を見つめていた。うっすらとひらき、こぼれる乳に濡れた唇は、乳首の形をとどめてはいなくとも、ほほえんでいるように見える。そしてほほえみだったら、どうとでも解釈できる。

おばあちゃんの目には縫い針が刺さったままだった。

つくろってもつくろってもほつれてしまう、お父さんのズボンのひざのところを修繕しているときにその大きな音が鳴ったのだ。通した糸をぴんと引っぱり上げようとした手が弾みではね上がり、針山よりもやわらかい眼球のなかに針はぷすっと落ち着いた。そのせいでおばあちゃんが死んだのか、それとも実際の死因はその音なのか、私たちにはわからない。その瞬間を見たわけではなかったから。

だから、おばあちゃんの針の入っていないほうの目から流れた涙が、もう片方の目を貫いた痛みによるものなのか、お父さんのズボンを最後まで直すことができなかった恨みによるものなのか、それとも墓にも入ることもできず目に縫い針が刺さったままの状態で、死後を過ごさなければならないことの悲しみによるものなのか、私たちにわかるはずもなかった。

外からお父さんの声が聞こえた。怒っているようにも泣いているようにも聞こえる。お父さんは私たちを探しているみたいだった。

井戸のなかをお母さんが覗き込んでいた。お父さんとお母さんがけんかをしていたのは知っていた。お母さんのおなかのなかの子供がいなくなってしまったことをお父さんは怒っていた。私たちもその子に会うのをすごく楽しみにしていたから、お父さんの気持ちがわかるような気がした。

あなたたちの代わりに消えてしまったのよ。だからしっかり生きなくてはいけないのよ。そうお母さんは井戸を覗き込むようになる前に私たちに言った。不思議なもの言いだった。

ある日私たちは叫んだ。私たちの代わりに生きてくれたらよかったのに！　たぶん、お母さんが井戸を覗き込むようになったのはそれからすぐのことだ。お母さんは、自分の目が見ているものが信じられなかった。それでお母さんは、自分がいちばん見慣れているものを見つめて、疑いの雲を追い払おうとしたのだ。お母さんはとってもきれいだった。私たちがその子供だからそう言うのではない。お父さんだっていつもそう言っていた。それで私たちの頬を撫でながら、お前たちはお母さんにそっくりだと嬉しそうに笑った。でも、その「お母さん」が私たちのお母さんなのか、お父さんのお母さんなのか、そのときはよくわからなかった。

お父さんのお母さんの目には縫い針が刺さったままだったし、私たちのお母さんは井戸のなかに自分の顔を探していた。

お母さんがいくら覗き込んでも井戸の水に探しているものが映っているはずもなかった。いや、井戸の水は嘘なんてついていない。ありもしないものを映すことはできない。あの大きな音といっしょにお母さんの頭はどこかに消えていってしまった。あのいなくなったおなかの子供を探しに行ったのかもしれない。見つかるといいなあ、と私たちは思う。どっちにしたってもう遅いけど。

お父さんの声はだんだん大きくなっていた。

そういえばあの音が鳴る前に、おかしなことが起こった。春は来たけれど、ツバメがやって来なかった。カゴ売りや煙突そうじを商売にするおじさんたちもまた現われなかった。カゴと家財道具の一切を乗せた荷車をロバに引かせて、おじさんたちはどこかに行った。

どこへ行くの？　私たちはあとを追いかけた。

ツバメが来ないからさ。おじさんの一人が答えた。

おじさんたちが行っちゃうからだよ！　私たちは大声を上げた。

ツバメとおじさんたちがいっしょだということに私たちは気がついていた。おじさんたちが家々の戸を叩くころ、その軒下にツバメたちは巣を結びはじめたからだ。おじさんたちが、ドンドンと戸を叩くのと同じ数だけ、ツバメのヒナたちはおしりを巣からせり出させて、ぷっ、ぷっ、糞をおじさんたちの頭上にひり落とした。ドン、ドン。すると糞がぷっ、ぷっと落ちる。私たちはそのことを知っていたから、おじさんたちの頭から顔が糞まみれになるようにドアをなかなか開けなかったのだ。だから、おじさんたちは音楽を演奏しなければならなかったのかもしれない。両ひじに把手を引っかけてぶら下げたいくつものカゴにも収まりきれない心の悲しみを払い、煙突のなかにこびりついた煤よりもしつこい私たちの心の汚れを洗い流すために。おじさんたちの指の下で踊るアコーディオンの鍵盤を真似て、白と黒からなるツバメたちは宙をくるくる舞った。アコーディオンが、陽気であるかと思えばもの哀しくもあるメロディーを奏でれば奏でるほど翼を持った鍵盤は、水でも石でもない糞を次々と落とした。それを見て、みんな笑った。おじさんたちも悲しそうな笑顔を浮かべた。

ツバメたちの動きはあまりに速かったから、ツバメたちが笑っているかどうかはわからなかった。巣のなかのヒナたちが、顔全体をのみ込むような大口を開けているのは、笑っているのではなくて、おなかをすかしているからだ。そのくらいは私たちにもわかる。でも、私たちが大きく口を開けたのは、おなかがすいていたからではない。声も出なかった。

お父さんの声が耳から離れなくなった。何かをわめいている。声はますます大きくなる。

ロバに引かせた荷車に乗っておじさんたちはどこに行ったのだろうか？　おじさんたちは、あの大きな音がやって来ることを知っていたのだろうか？　ツバメが来ないから、ツバメのあとを追いかけていったのだろうか？　ただ線路に沿ってロバは荷車を引いていった。どこまでも真っすぐにのびる線路を見ていると、井戸の底を覗き込むような気分になった。落ちていってしまいそうだった。ロバと荷車は、おじさんたちとそのカゴと家財道具の山とひとかたまりになって、時間をかけて、線路の果てへと落ちていった。井戸に放りこんだ石は二度と帰ってこない。おじさんたちもまた底に沈んだまま、私たちのことを忘れてしまうのかもしれない。ツバメたちが帰ってきてくれたら。私たちは軒下を見上げる。巣は、ひらかれた五羽のヒナの口を合わせたよりもぱっくりからっぽをのみ込んでいた。それを見る私たちの口もあんぐりとひらかれていた。でも私たちは何も言わなかった。気持ちがよくて上げた声も痛くて漏れる声も恐ろしくて叫ぶ声も、おばあちゃんの遠くなった耳には聞こえていなかっただろうし、頭がなくなったいまとなっては、お母さんが聞いていたかどうか知りようもない。それに聞いてくれていたとしても、その記憶も頭といっしょにこっぱみじんにどこかに吹き飛んでしまったにちがいない。それでもお母さんの体は井戸を覗き込んでいる。

だから、言いたくてもお母さんは何も言えない。きれいなお母さんの顔はなくなってしまった。

お父さんは泣いている。私たちを探している。変なの。だってなくなったのは、お父さんの大好きだったお母さんの顔なのに。

私たちも探しに行くべきだったのかもしれない。線路脇に立って、つま先立ちになったけれど、線路の先に何があるのか、さっぱりわからなかった。でも、お父さんは、うとうとした私たちの体を撫でながら、線路の行きつく果てに、お母さんのおなかから消えた子供がいると教えてくれた。

んふふふ。お父さんの吐息がくすぐったくて私たちは声を漏らした。

しーっとお父さんは歯のあいだに熱い息をこすりつけた。静かにするんだよ。じゃないと、あの子は怖がって出てきやしないよ。

あんなに遠くにあるのに、聞こえるはずないじゃない、と私たちは思ったけれど、気持ちよくて、半びらきになった口からは、生あたたかさだけを詰めた言葉が糸の玉を地面に転がしたときのように、切れずに伸びていった。それでお父さんのズボンのひざこぞうはまたすり切れてしまった。おばあちゃんが見たら怒るかもしれないけれど、おばあちゃんはうちでいちばん早く目が覚める代わりに、いちばん早く眠りに落ちる人だった。だから見たはずがない。でもひょっとすると縫い針で目を突いたのは見てしまったからなのだろうか。まさか。ぷるるるると私たちは顔を見合わせて首を振る。それは絶対にあの大きな音のせいだった。

あの音が消えたあと、そのあいた穴を埋めるようにお父さんは泣き叫びつづけていた。私たちは線路に沿ってずっと歩いていきたかった。

行ったって何もない。お父さんは言った。

お母さんのおなかのなかにいた子がいるって言ったじゃない。私たちは口をとがらせた。

あの子は消えたんだよ。なくなったんだよ。お父さんは沈んだ声で言った。

それでも行きたい！　私たちは声をそろえて叫んだ。行きたい！　行きたい！

そんな聞き分けのない口はこの口か！　そう言ってお父さんは私たちの口をもっと大きなその口でくわえこんだ。たばこと死んだ魚の混じった匂いがした。私たちは顔をしかめて、横を向くと、ぺっぺっとつばを吐いた。お父さんは何も言わなかった。それから、線路の向こうには何もないともう一度言った。

お父さんの言うとおりなのかもしれなかった。お父さんは線路を作りに来た人の群れのなかにいたからだ。私たちの知らないどこかから線路を作りにやって来た人たちだった。線路がのびるにしたがってその群れも遠ざかっていった。でもお父さんは残った。

どうして行かなかったの？　私たちは興味津々に訊いた。

お母さんがいたからさ。

どっちのお母さん？　私たちの？　お父さんの？

おまえたちのだよ。お母さんは毎日、水を運んできてくれた。その井戸の水だよ。それでお父さんはお母さんと結婚した。ずっといっしょにいるためにここに残った。そして、お父さんのお母さん、おまえたちのおばあちゃんをここに呼んだんだ。

ふうん。私たちは急につまらなくなって、外に駆け出した。線路に沿ってどこまでもどこまでも走ってみたかった。困るのは、線路にはふたつの方向があるということだった。右と左とどっちへ行こう？　私たちは迷った。迷うことなんてなかった。私たちもまた二人だった。姉が右へと走れば、弟が左へと走ればいい。簡単な話だった。別々に逃げればいい。

そんなのはイヤだ！　イヤだ！　私たちは同時に金切り声を上げていた。どちらかだけが苦しむのは耐えられなかった。

消えてなくならなければならないのは、おばあちゃんでも、お母さんでもなければ、お母さんのおなかのなかにいた子供でもなく、お父さんなのだ。

私たちは線路のふたつの方向を同時に見つめた。姉が右を見れば弟が左を見ればいい。それでも私たちはいっしょのままだった。

線路の向こうからお父さんをこらしめてくれるものが現われるのを毎日待った。わずかでもいいからより遠くが見えるようにつま先立ちになって。

でもやって来るのは夜だけだった。夜はお父さんを連れてきた。お父さんはいやがる私たちを家に引きずっていった。おばあちゃんの寝息が聞こえた。お母さんはどこにいたのだろう？　お父さんのひざこぞうがこすれた。

カゴを売り、煙突をそうじし、自分たちの心の悲しみと私たちの心の汚れを洗う音楽を奏でるおじさんたちが、ロバの足音といっしょに消えてからしばらくたったある日、突然、あの大きな音が鳴った。

私たちはついに逃げることができた。

音と同時に私たちは身をひそめた。

おばあちゃんの目には縫い針が刺さったままだった。

お母さんは失った頭を井戸の底に映していた。

お父さんだけが、けもののような大きな声を上げて私たちを探していた。お父さんはくずれ落ちるような声に張りついた、穴だらけの皮だった。

お父さんはがれきの下に横たわった私たちをついに見つけ出した。

私たちはぴくりともしなかった。お父さんが、私たちの衣服をはぎ取り、肩を腕を胸を腹を足をさすっても私たちは動かなかった。私たちの眼は口といっしょに軽くひらかれたままもう二度と閉じなかった。線路は見えない。空しか見えなかった。たとえ、いつものようにお父さんが、空を遮らなかったとしても、私たちには何も見えなかった。そもそもお父さんがひざこぞうをこすりつけて、おばあちゃんの手と、お母さんの心をわずらわせていたときに、私たちが見ていたものといえば、何も見えないのも同じ、ほこりと泥だらけの床だったのだから。

それはほっそりとした木のように見え、たしかに木であったけれど、木ではなかった。人間でもなかった。老人には見えていなかったが、見えているはずがなかったが、老人は足を止めた。歩いていると、どんなに足下があやうくとも彼女の口からは言葉が出てきた。老人には聞こえていなかったし、聞こえているはずがなかったが、そしてその声が彼女自身にも聞こえていたとは言いがたかったが、彼女の口はずっと動いていた。動く必要がなくとも動いていた。その言葉が、どんなに意味のないものであっても気にならなかった。ところが足を止めたとたん、言葉を発することがむずかしくなった。目の前に現われては立ち消える白い吐息が、たとえ発せられる言葉の取る形とは似ても似つかなくても、たとえこの踊る白い薄布が、包む言葉の外郭を忠実に写し取っていなくても、気にならなかった。でも立ち止まるや、この田舎のぬかるんだ並木道をいっきにひき延ばし、その両側に見渡すかぎり続く刈り入れの終わった黒い畑といまは牛がどこにも見えない牧草地の容積を二倍にも三倍にもし、そのように拡散しながらもそれでいて希薄になることはなくむしろずっしりと重たくなった静けさは、言葉をしゃべることを禁じてはいないけれど、不用意なものであろうがなかろうが人間の言葉という言葉をことごとく叩き潰してやろうと待ちかまえている、威嚇さえしている、と感じられ、だから、たなびく吐息は沈黙によって乱暴にはぎ取られひき裂かれた衣類であり、それを着ていた言葉は、深く傷つけられ損ねられた言葉は、あたかも子供を胸に抱きしめて身を丸くし、ぬかるんだ泥のついた肩を震わせる女のように泣いているのであり、その泣き声を聞き届けようとするために、いま彼女は声を発することができない、発してはならないかのようだった。いったん声が出てしまえば、自分の口元からついて離れないとぎれとぎれの白い息に包まれていた声こそ、その嗚咽にほかならない、かりにいまはそうでなくてもいずれ必ずそうなってしまう、とすでに知ってしまったかのように彼女の表情は凍りついていた。そこで、壮大さなどみじんも生むことなくただ無情に肥大化する風景に重く充塡されていく、ひたすら威圧的な静寂に対して、彼女は自分の声が嗚咽でも悲鳴でもないことを証明しようとしたのかもしれない。彼女は口を開いた。いや、口はすでに半びらきになっていた。抑えきれない嗚咽や断ち切られた短い悲鳴ではなくて、言葉が漏れた。

「あれ、女の人……」

喉は彼女を裏切り、途中で声がかすれてしまい、文末が上がり疑問を投げかけているのか、強く言い切り事実を確認しているのか、彼女が手を握って農園からここまでやって来た年老いた男は何も反応してくれないので、どちらなのかはっきりしなかった。もっとも老人に目が見えていたとしても、彼女の声が聞こえていたとしても、応答らしきものがあったかどうかは怪しいものだった。静まり返った空気を、近づいてくるトラックや荷馬車の音は震わせてもいなかったのに、轍の跡がひどくぬかるみ道の中央に水たまりが広がっていたわけでもなかったのに、彼女と老人は誰も通ることのないがらんとして寒々とした道の端っこを歩きつづけた。まるで何かが道の真ん中を通り過ぎることをすでに知っていて、そのために道をあけているかのようだった。二人が立ち止まった場所から道を斜めに横切ったところに、それは立っており、老人の顔はそちらに向いていたがややうつむき気味で、二人のすぐそば、道と畑のあいだの茶枯れた藪に向けられているようだった。

その藪がまだいかにも濃い青い匂いを放っていたころ、彼女はこの道で犬を追いかけていた。家に、彼女の本当の家ではない家に、戻るところだった。勝手に一人で行ってはいけないと言われていたので、言い訳にならないとはわかっていたけれど、犬を連れて行くことにしたのだった。いや、連れて行ったのではなかった。勝手についてきたのだった。いや、逆だったのかもしれない。彼女が農家の庭を出て、荷馬車の轍の跡からしみ出してくるのをやめない泥水を避けて歩いていると、目の前を犬がすでに歩いていたのかもしれない。まるで犬のほうこそ彼女の主人であり、犬のしもべである彼女はずっとそんなふうに犬のあとを追いかけてきたかのように、そしてこれからもずっと追っていかなければならないかのようだった。道は決してどこまでも続いているわけでもないのに、道の終わりは現われず、道が尽きるところは時間そのものが尽きるところであり、時間が尽きることなどありそうもなかったから、彼女は永遠に犬を追わなければならなかった。空はあまりにも青く光に満ちていた。いま、この瞬間彼女が消えてしまえばやはり永遠にそのままであり続けただろう。静かだったけれど、遠くから、ぱらぱらと牧草地に散らばった牛たちの、そこかしこに見えているどの牛が啼いているのか特定できない声が空気を震わせ、それゆえに、それを耳にした者もまた誰であってもかまわず、自分というものが、芯の詰まった青い空とぬくぬくと心地よい大気に包まれた緑濃い大地からなる広がりにかき消えてしまうようであり、それどころか、声が空に吸い込まれたあと、見えない煙のようにあたりにたなびく静寂は、どの牛も実際には啼いたことなどなかったにもかかわらず、それを耳にしたなどという記憶を持ってしまう者にかすかな罪悪感をもたらすのだった。ひとたびそのような感情に捉えられてしまえば、誰であれ、自分という存在の真性さに疑念をいだかされ、自分がいまここに存在してはならないのだと言われているように思えただろう。たとえ彼女自身がそのような苛酷な宣告が突きつけられているとはっきり意識していなくとも、牛の啼き声だか、記憶のなかに牛の声として捏造されたものだかがたちまちかき消されたとしても、それらが生起した世界は、牧草地と緑の畑をなだらかにうねらせながら厳然とそこにあった。彼女が自分のものではない犬といっしょに自分のものではない家に向かって歩いている道の上で、あとから追いかけてくるものの接近を感じ取ったかのように振り返れば、その先で町の建物と教会の尖塔がきらきらと光を反射させている世界は、彼女に執拗に罪悪感を背負わせようとしているのだった。

遠くで汽笛が鳴り、列車の音とおぼしきが聞こえたが、それは列車が発するものではなかった。そうであってはならなかった。それは、幼い彼女には具体的にどういうものだか言うことはできないが、ともかく大人たちの様子から、そして大気中に次第に濃くなっていく錆びた鉄の味からも、たしかに動いていることだけは誰に教えられずともはっきり感じ取ることのできる巨大な機械、かりに彼女に大人なみの語彙があって名指し説明しようとしてもあらゆる言葉からはみ出してしまうので巨大な機械としか言えないようなものが、全体として激しい変形をこうむっている音、一度動き出したその巨大なものを止めるのは、ちょうど地球の回転を止めるのと同じく、無理なことだとわかってはいても、そして巨大なものがそれ自身の力を使い尽くしひとりでに止まるか壊れてしまうまで、手のほどこしようはないのだとしても、何もしないよりはましだし、もしかしたら勢いをほんのわずかであれゆるめることができるかもしれないと、複雑な構造を持つその巨大なもののなかにある無数の歯車のどこかに何か小さなものが、砂粒のようにごく小さなものが挟まった音だった。そんなふうに彼女が言葉にはできずとも感じ、願っていたとしたら、たぶんそれは、貨物列車が間もなくブレーキをかけて減速することを、町に設置された臨時の駅に停車することを彼女が知っていたからだ。線路が敷設されているはずの谷間を背後に隠した丘陵を彼女は眺めていたが、彼女の先を行く雑種犬は彼女を置き去りにして道の脇の藪のなかに入っていった。道の上にたったひとりぼっちになってしまった彼女は、慌てて犬を呼んだ。

「トゥトゥ！　トゥトゥ！」

藪の上で小鳥が舞っていた。狂ったように舞っていた。彼女は犬を呼びながら走り出し、藪のなかに踏み入ろうとした。すると彼女がいたところより数メートル先で犬が藪から道に戻ってきた。たっぷりと塗料を浸された刷毛を空気に塗りたくるような、はっはっはっ、という呼吸がやけに耳についたのは、犬の口に何かがくわえられていたからだった。彼女は犬を呼んだ。その声に、彼女自身は感じていなかった怒りを聞き取ったからか、犬は身をこわばらせ立ちすくんだまま動かなかった。しかし彼女がこの犬の主人だったことはなく、彼女は犬であれ何であれ何かの主人だったことはなく、自分自身の主人ですらあったことはなかった。だから自分の顔や気配から怒りや恐怖がにじみ出していることに気づいていないこと、そして一人で外出してはいけないと言われていたにもかかわらず、その言いつけに背き、自分のものではない犬を連れて町と養父母の家のある農場を結ぶ道をてくてくと歩いていることが、彼女が自分自身の主人ですらないことの疑いようのない証拠として、彼女に突きつけられたとしても、やはり自分自身が何をやっているのかわかっていない、わかっていたとしてもわかっていない彼女にはそのことが理解できなかったことだろう。犬は養父母の家で飼われていて、養父の父親である年老いた男にいちばんなついていた。老人が納屋の前の日だまりに座っているときはその足下に鼻先を添えるようにして寝そべっているこの黒い犬は、しかし彼女の視線に射すくめられているというよりは、まっすぐな道が尽きるところに見える町の教会の尖塔が、ちょうど垂れたその首のうしろにあるものだから、あたかも教会に刺し貫かれて、その場から一歩も動くことができないかのようだった。ぼたぼたと垂れ落ち、地面に黒いしみを作る、血のように見えるよだれにまみれているものが、彼女にはわかった。小鳥だった。

「トゥトゥ！」

それこそ一羽の鳥が空に舞い上がるように、あたりに響き渡った声が、怒りによるものなのか、悲鳴に近いものか、引きちぎられる声そのものになっていた彼女にはわかるはずもなかったが、驚いた犬はびくりと肩から首にかけて体を大きく震わせ、その弾みに、牙から獲物ははずれなかったが、黒い体を貫いていた教会の尖塔ははずれ、犬は悪ふざけをしているときのように、木の囲いの下をくぐると、その向こうの牧草地のゆるやかな傾斜をいっきに駆け上がっていった。その逃げ方の勢いときたら尋常ではなく、あたかも、声となって拡散していく彼女には届かない遠いところに逃げようしている、しかも聴覚が優れているがゆえにひたすら遠くへと逃げなければならないかのようだった。

藪のなかに踏み入った彼女は、犬が襲ったものを探した。どこにあるのかすぐにわかった。近づくと彼女のまわりを一羽の鳥が飛んでいたからだ。いや、実際には頭上に鳥などおらず、草をかき分けているうちにすぐ、茶色の斑点のついた卵が五つほど置かれた巣を見つけたために、あとからそうだった、そうだったはずだと思い出すことに決めた細部だったかもしれない。そのような細部にしたがえば、妻を奪われた夫が、あるいはその逆だったかもしれないが、ともかく一羽の小鳥が、幸運にも無傷に残された卵たち、だがこれからもう決して生まれることのない子供たちを守るために、彼女を追い払おうと必死の抵抗を試みていなければならなかった。でも彼女には生き残った小鳥からこんなにも乱暴に追い払われるいわれはなかった。彼女は小鳥たちの家の襲撃者でもなければ、襲撃者の主人でもなかったからだ。それでも彼女は、犬が小鳥のつれあいの命を奪い、その生活をめちゃくちゃにしてしまったことに対して自分にも何らかの責任があると思ったのだ。彼女は自分自身の主人ではないのだから、そのことを逆手にとって、脳裏や胸の内に藪のように繁茂する記憶と思考と感情が、彼女自身のものではないと言いはることもできたにもかかわらず。だがそれでも彼女が、あのとき小鳥は頭上を舞い、鋭い鳴き声を飛び散らしながら、彼女に向かって急降下し、攻撃を加えてきたのだと思い出したのは、思い出すことに決めたのは、自分自身の身を卵たちに重ねあわせたからにちがいない。彼女はしゃがみ込むと、卵をつまんで、ひとつまたひとつと手のなかに入れた。左手にふたつ乗せたまま、右手でひとつつまみ、そのあいだも親鳥の甲高い叫びで鼓膜をつつかれていたのだが、何とかもうひとつつかむことができた。しかし巣のなかにはまだひとつ卵が残っていた。彼女が着ていた半袖のワンピースにはポケットがついていなかった。彼女は卵をひとつひとつていねいに置いて、すべて巣に戻した。もう一度やり直した。でもどうしても五つの卵をすべて持つことができなかった。流れ落ちる汗で服の生地が背中にぴったりとくっついた。卵を置き直そうとしたとき、手が滑り、卵がひとつ巣の外にこぼれ落ちた。彼女の心臓は止まりそうだった。幸運にも地面は青い草で覆われていて卵は割れなかった。どうしたらいいかわからなかった。丈高い藪のなかだったが、太陽は光の矢を降り注ぎ、しかしその矢は彼女のむき出しになったやわらかい肌にまといつく羽根の生えた小さな虫たちを一匹も射落とすことができないのだった。それどころかうなじや肩口がちくちく気持ち悪いのは、虫と光が共謀しているからだった。彼女はスカートの前の部分をめくって、片手で先端を絞って握り、袋の形にして、そこに卵を入れようとしたが、ひとつふたつと入れたところで、みっつ目を握った手の動きが止まった。

　あのとき、彼女はちょうどいまと同じような恰好をしていた。石壁沿いにプラムの木が植わっているあたりだった。家からは納屋に遮られて見えない場所だった。農夫の長男が彼女をそこに連れて行ったのだ。彼が何を求めているのかわからずしてわかっていたから、たぶん言われなくてもそうしただろう。だから「スカートを上げて」と十五歳になる少年が言うのが聞こえたときはほっとしたくらいだった。しかし泣きたいのは、ほっとしたからだけではなかった。彼女は少年のことがきらいではなかった。本当の兄のようだった。いや、彼女の本当の兄の一人は、上の兄は、朝早く召喚状を握って出頭したまま家に帰ってこなかった。三つ年上の下の兄は、彼女とはちがう場所にかくまわれているはずだったが、連絡を取ることはできなかった。もしかしたら下の兄も、彼女と同じようにどこかの農家にいて、いま彼女にスカートを上げてと命じている少年のように、その農家の小さな娘にまったく同じことを命じているのかもしれなかった。なぜなら彼女にスカートのなかを見せてと言っている少年が、命令しているという意識もなく、そう彼女に言うことができるのは、彼が彼女の正体を、そして彼女が彼の家にかくまわれているという事実を、うっかり漏らしさえすれば、彼女の身に危険が及ぶことになるのを、つまり彼の言葉次第で彼女が、少年は存在も知らないいちばん上の兄と同じ運命をたどることになるのだと少年自身が自覚しているからでは決してなかったからだ。少年が本当の兄のように彼女にやさしくしてくれていたからだ。兄とそんな遊びをしたことはなかったが、農家の少年にそうされることで、兄からもそうされたことになるのだった。そうならなければならなかった。

子供の口ほど軽いものはないからと隠しておいたはずなのに、いったいどこで知ったのか、少年が彼女を本当の名前で呼んだことがあった。それを耳にした少年の母、農婦は、真っ青な顔になり、息子をにらみつけ、手に持っていた牛の乳の入ったバケツをそっと置いた仕草が嘘のような激しさで、少年の頬を張ったのだった。そして驚いて立ちつくす彼女の前に膝をつくと、少年を見る目つきと同じ真剣さを底に沈めた不安げなまなざしで彼女の目を覗き込んだ。

「絶対に言ってはだめだよ」

彼女は黙って、農婦のかたわらのバケツのなかで静まりやまぬ牛の乳を見つめていた。

「わかった？　絶対に言ってはだめなんだよ。誰から訊かれても」

そして農婦は、うつむいて立った息子のほうをちらっと見てから、さらに語調を強めて彼女に言った。

「たとえあの子に訊かれたとしても、絶対に言ってはいけないいんだよ。いいかい？　約束してくれるね？」

少年が彼女に名前を尋ねたことはなく、むしろ、あれはなんの花、なんていう道具、じゃああれはなんていう鳥、なんていう虫、と少年に物の名前を尋ねていたのは少女のほうであり、たぶん訊かれもしないのに、自分が生まれてからずっと本当の両親と本当の兄たちに呼ばれてきた名前を、隠していた宝物を絶対に取ったりしないと信頼できる人に対して見せるように誇らしげに教えたのは彼女のほうだったのだ。じっと見つめていたが、バケツの白い水面はまだ揺れていた。ぶたれてしかるべきは彼女だったのに。だから彼女はスカートを上げたのだろうか。彼女の代わりに殴られた少年に詫びるために。あるいはそんなことがあったあとも、忘れっぽいのか変わらず彼女にやさしく接してくれる彼に感謝の意を示すために。だったら彼女はどうして涙をこらえることができなかったのだろうか。どうして彼女の体は震えていたのだろうか。バケツのなかの乳の水面はもう動かなかった。いや、蠅は彼女の体にとまってせわしなく這い回っていたのだから、彼女は自分が思っていたほど震えていなかったのだろうか。自分自身の主人ではない彼女が、隠し持っていた宝物をこっそりと見せるように自分の本当の名前を明かしてみせたときのように、スカートを上げて下着をずり下ろしたときに、そんなときに限って自分自身の主人だったなんてことがあるのだろうか。

農婦に見つかってしまい、そのときもひどく怒られたのは、少年のほうだった。家からは見えないはずなのに、どうして見つかったのだろうかと思った瞬間、見つからないことを願っていたことが、自分自身の主人ではない彼女にもはっきりとわかり、悪いことをしてしまったという罪の意識が根を張った。自分のものではない名前を持った体が彼女のものであるはずがないのだから、かりにうしろめたさが生じたところで、気にする必要はなかったのかもしれない。体を包み込んだ心地よい火照りも、彼女とは無関係だったのかもしれない。だが見つかってしまったとき、言葉にはならなかったかもしれないが、彼女は見つかるはずがないものであっても見つかってしまうのだと知ってしまったのだ。しかも彼女と少年を見つけたのは、彼女が絶対に見つからないよう彼女を遠縁の娘だと言ってかくまい、疑念をはらんでふくらみ、陰険な影で触れるものすべてを汚していくあらゆる視線から彼女を守ろうとしてくれている農婦だったのだ。少年の母であるこの中年の女性は、そのとき、息子が少女の本当の名前を口にしたときほど怒りはしなかった。だからといって彼女は、自分の下着のなかにあるもののほうが、彼女の本当の名前よりも大切なものではないなどとは思わなかったにちがいない。こうしたことに思いを馳せるには、彼女は幼すぎたからではない。本物であれ偽物であれ誰のものでもありうる名前はそれでいて他とは替えがたい何かと結びついているがゆえにたったひとつしかないものであるように、彼女の下着のなかにあるものもまた、それはどんな女性の体にも存在するものでありながら、ほかならぬ彼女のものだからだ。だがその体は、彼女が自分自身の主人でない以上、彼女のものだと言ってはいけないのかもしれなかった。なぜなら彼女の体を彼女の意に反して自由に使うことができる者がいるとしたら、その者こそ、この体の所有者だからだ。彼女の体は彼女の所有物だなどと言えないとして、ただひとつ確かなのは、この体が、かりに偽物の名前を与えられているのだとしても、そしてたとえ彼女以外の誰かのものであったとしても、それはいやおうなく彼女なのだということだった。彼女と体が別々にあって両者が結びつけられているのではなかった。彼女とはこの体だった。たとえ、この体に、誰かの手が、あるいは何かの手が、罪悪感の種を深く植えつけたのだとしても、彼女はこの体でしかなかった。そしてその手は、種を植えつけているというよりは、いずれ種が発芽し、彼女の全体に毒を広げていき、彼女を滅ぼすまでとても待っていられないと、ぐいぐい乱暴に彼女の奥へと押し込まれるのだった。まるで種をまきながら、こんな土地には何であれ育つはずがない、何もかも枯れてしまうのだと、種をまく行為そのものを否定しているかのようだった。そしてその否定を完全なものにするためにも、種がまかれるべき土地は、何かを枯らすことすら許されないほど徹底的に荒廃していなければならなかったのだ。なぜなら何かが枯れるためには、どんなにひねこびたものであれ芽が出なければならないからだ。土地が純粋に不毛であるためには、種のなかにはらまれた時間、芽を出し結局は枯れてしまうまでの時間、そんな可能性としての時間すら、絶対に存在してはならないというように、種をつまむ手は、彼女のなかに種を押し入れながら、指先に力をこめて、種を粉砕しているかのようであり、そのとき彼女が感じているのはおそらく破壊される種の痛みでもあった。そうまでして彼女という土地を荒廃させようとしているのだった。

何も芽生えることのない土地は、彼女だけではなかった。彼女は一度も連れて行ってもらったことがなかったので見たことはなかったが、町から少し離れたところにある放棄された古い農場の土地も荒れ果てているという点ではまったく同じだった。少年は町で、彼女とちがい一人で行くことを許されていた町で見てきたことを彼女に教えてはくれなかった。彼女の好奇心をくすぐり、不安を煽ることを恐れた両親から強く口止めされていたのだろう。だが少年から何も言われずとも、彼女にはわかっていた。その農場で働いていた人たちは、町にある鉄条網で囲まれた場所、倉庫のような建物が立ち並んだ場所から連れてこられたのだ。憲兵隊員に見張られた、背格好も年齢も身なりもちぐはぐな男たちの列が、町から伸びる道を歩いていくのを一度目にしたことがあった。少年といっしょに森に野苺を摘みに行った帰りだった。近道をしようと枯れ葉が絨毯のように敷き詰められたゆるやかな斜面を滑り降りようとしたときに、下の道をその男たちが通っていくのが見えた。少年は彼女の袖を引っぱった。二人は森の木立のあいだに身を潜めていた。男たちのうちの誰かがふと顔を上げて、丘陵状に盛り上がった森のほうへ目を向けたわけではなかったし、距離と位置からして、男たちの誰も彼女を目にしたはずがなかった。それでも彼女は男たちの倦み疲れた視線に自分が映っていると知っていた。だがそれは同時に彼女ではなかった。彼女が自分自身の主人ではなかったからではない。なぜなら男たちの目が見ているのは、何を見てもそこに映っているのは、見ていなくても映っている、それも映っていることを意識しておらずその瞬間は忘れていてもどの瞬間であれ映りつづけているのは、彼ら自身の子供たちだったからだ。森の一部を開墾して作られたもののずっと放棄されていた農場に毎日移動させられ、そこで慣れない農作業に従事させられる彼らが見つめているのは、一日中ひっかいても何も生み出すこともなければ、かりに何か芽生えるようなことがあったとしても、そのときまで彼らがそこにいることはない、絶対にない、硬く冷たい地面ではなくて、無理矢理ひき離されてしまった子供たち、もう二度と会えないかもしれない子供たちだったからだ。そしてそうした子供たちの一人が彼女であったからだ。ふと手を見ると、指先が野苺の果汁で赤くなっていた。指をくわえると、甘酸っぱい味がしたのはほんの一瞬だけで、あとは何の味もしなかった。ずっと吸っていれば、甘酸っぱい味でなくても何かほかの味がするかもしれなかった。手でも切っていれば血の味がするかもしれなかった。手の皮が破れてしまえばいいと彼女は考えずして考えていて、そのとおり強く指を吸い、指はしびれ、そのために望まずして望んでいたとおりに皮がひき裂かれて血が舌を濡らしているのかどうかも、そこにくわえこまれたものが自分の指なのかどうかもわからなかった。舌からも指のように感覚は消え、彼女の体には何の味もしなかった。

石壁沿いに植えられたプラムの木の下に彼女と少年がいたとき、納屋の脇の日だまりのなかに置かれた椅子に座っていた老人は、目が見えなくても、耳が聞こえなくても、一部始終に立ち会っていたのだ。だがその夜もいつもの夜と同じように、簡素な食事のあいだ何も言わなかったし、家族におやすみと声をかけられてうなずき返したあとも、一言もしゃべらなかった。だから本当に見たのか、それとも見なかったのか、誰にも確かめようもなかったし、もし返事があったとしても、自分の言葉ですら老人の耳には聞こえていなかったかもしれず、そうしたら見たのか見なかったのかは、永久に老人のなかに閉じ込められたままになってしまうだろう。

彼女はスカートから手を離した。巣のなかに置かれた五つの卵をしばらく見下ろしていた。そして藪から出て家に戻った。彼女は見たことを老人に言わなければならなかっただろう。だが耳の聞こえない老人には彼女の言うことは聞こえないだろう。かりに老人に話して聞かせたところで、その言葉が老人に届かないのであれば、彼女の見たことは存在しなかったも同然だろう。いや、存在しなかったのだ。そんなことを彼女は望まずして深く望んでいたのかもしれなかった。耳のまわりにまとわりつく生き残った親鳥の声がやかましくて、しかもそれは鳥の声というよりは、小さな子供を胸に抱いた母親の嗚咽であり、胸に抱かれた子供、母の手を握った子供が泣き叫んでいて、すると草むらに放置してきた卵が、母鳥の代わりに、あの泣きやまぬ小さな体とそれを抱いて体を震わせる大きな体のあいだでぬくめられたかのように孵化し、ひどく殴打されたように目のまわりが真っ黒に腫れ上がった、毛のない皮だけの化け物のようなヒナたちが餌を求めて、つまりは餌を持ってくる父と母を呼び求めて狂ったようにわめき立てて、彼女の耳は聾され、あたりを埋め尽くしながらひき裂いているのは、もう間違いなく母と子の泣きながら上げる叫びであり、彼女はそのとき、早足で農家に戻りながら、あの老人の犬がどうして逃げたのかわかったような気がした。人間などよりはるかに耳のいい犬には、いま彼女の耳に鳴り響く痛ましい音がとっくのとうに聞こえていたのだ。主人である老人とはちがって耳にしていることをなかったことにするには耳がよすぎ、そのために音が届かない場所まで逃げなくてはならなかったのだ。あるいは、老人の耳が聞こえないのは、その音に耳をずっと占領されてしまっていたからなのかもしれない。そうにちがいなかった。そして老人にはもう何を言っても聞こえていないようだったから、老人は耳にしたことを本当は耳にしていなかったと言いはるために、いま、何も聞こえないふりをしているのだと彼女には思われたのだ。老人は何も見えていないようだけれど、これは目にしたことを本当は目にしていないのだと言いはるために、何も見えないふりをしているにちがいないのだと、道を引き返して走りながら、あの犬のように逃げ出しながら、彼女は思ったのだ。そして、老人ときたら、そう執拗に言いはりながらも口を開きもしないし、いや、口は半びらきになることもあったが、それは、いつでもあたかも最後に言うべきことをいま言い終わったところであり、もう二度と声を発する必要がないとでもいったひらき方で、実際、その白い吐息ばかりがとぎれとぎれに出てくる暗い穴からは、声らしきものは一言も発せられることもなければ、言葉にならない呻きも発せられないのだった。

だから彼女はいまこうして老人を外に連れ出したのだ。日だまりに浮かんだ椅子に腰かけて、周囲の木々の葉が作る影が揺れることで、光もまた踊っているように見えるのにぴくりとも動かない老人のところまで行き、その手を引っぱったのだ。何も見えず何も聞こえなかったとしても、長年の農作業でそれ自体岩くれのようになった、ひび割れが深く入るほど厚い手の皮に邪魔されようとも、その手を握る彼女の手が感じられないとは言わせなかった。もちろん老人は何も言わなかったし、言わないことはわかっていた。老人は彼女に手を引かれて歩き出した。彼女は相変わらず自分自身の主人ではなかったが、いま、まるで老人の主人になったかのようだったし、じじつ、彼女を主人として認めてもいないはずの犬までもが起き上がり、主人である老人の真似をするように深く首を垂れ、彼女のあとを追って、とぼとぼと歩き出したのだった。

そして彼女はそこまで来たのだった。先に足を止めたのは彼女だったのか。それとも引っぱり返される力を手に感じて、老人が足を止めたことを彼女は知ったのか。あるいは犬が足を止めたのか。でも犬はどこにも見当たらなかった。あの耳を聾する音が、彼女の耳をずっと占領し、おそらく老人の耳にもそれ以外の音は何ひとつ聞こえなくしてしまった。そう彼女は言葉にすることはなくとも信じていたにちがいないが、そのような悲鳴や嗚咽から逃れるために、犬は、老人はもちろんのこと彼女にも見えない遠くに走り去ってしまったのかもしれない。だが犬の主人でありながら、そのことを忘れてしまったかのように老人を見捨てることができずに犬は戻ってくるだろう。逃げ去ったときのような勢いで駆けることはなく、忠実というよりはそうするしか仕方がないからと諦めをにじませた様子で戻ってくるだろう。そのときはもう手遅れになっているかもしれない。なぜなら彼女は老人を身代わりにするつもりだったのだ。でなければ、どうしてこんなところまでわざわざ老人を連れてきただろう。そしてそれは老人が望まずして心の底から望んでいることだった。そうでなければならなかった。目を上げると、道の端に植わっているのは、葉を落としたやせ細った一本の木だったが、彼女の耳のなかでは赤ん坊が泣いている声がやまず、それは一本の木であったが、赤ん坊を抱いた母親であり、彼女は母と子を救うために、二人の身代わりとして、この目も見えなければ耳も聞こえない、残り少なくなった息をとぎれとぎれに吐き出している老人を差し出すつもりだったのに、そして老人もそれを望んでいたからここまで彼女といっしょに来たはずなのに、赤ん坊は泣きやんでくれず、道の脇の一本の木である母親は、そこから一歩も踏み出そうとも一歩もしりぞこうともしなかった。ただ胸の子供を強く抱きしめたまま、何も言わず、彼女が老人といっしょに立ち去るのを待っていた。だが彼女は自分の口から発せられる白い吐息が尽きてしまうまでは、もうこの場から動くつもりはなかったし、動くこともできなかった。

私たちは運河沿いの並木道を歩いた。町を襲った伝染病のために、木々はどれもこれも憑かれたように濃い緑の葉をしゃべり散らしていた。運河の水はもの思いにふけりがちで、伏せられた鏡のように外の世界のことなどすぐに忘れた。そのうえ、次第に気むずかしくなっていく水は、些細なことですぐに機嫌を損ね、さっと鉛色のカーテンを引いて、みずから外界を拒絶することも多くなっていた。水面に姿が映らないことに気づいた木々は、理性と自己の像の消失という二重の喪失にわなわなと体を震わせ、ひどく不安そうに枝をもみしだき、自分の分身が水の表面に残した空虚を埋めようとさらに葉を茂らせ、詩的な花を咲かせ、朽ちた果実のような妄言をこれでもかとふんだんに実らせもしたのだけれど、それらは一瞬たりとも定まった形に固着することができず、かたくなに閉じられた暗い水の上をむなしく滑っていくだけだった。木々のまわりで、ささくれだった光のかけらが困惑したように踊っていた。たぶんそんな光に肉のやわらかい眼球を刺し貫かれないように、ムクは運河のほうを向いて、目をつむっていたのだろう。

ひどくやせているせいで長い首がさらに目立ち、両肩ががくりと落ちたムクが頭を傾けている姿は、縄はどこにも見えないけれど、どこか首を吊られた人を思わせた。

浮き上がって見えるあばら骨や背骨は、ムクが動くと、まるでムクという衣装が身に合わなくてかなわないというように身じろぎした。ムクのなかにいる別の生物がムクを脱ぎ捨てようとするその動作こそが、ムクを動かしているようなものだった。まだ体毛に覆われていない少年の肌には、ちょっとした摩擦や衝撃にも破れてしまいそうな脆さがあった。でもいくら鋭利な刃物のような光だからといって、乳首を切り落とすことまではできないだろう。そう、ムクには左の乳首がなかった。運河の水が機嫌のいいときに黒っぽい水面に現われる、だらりと両腕を垂れたムクの左胸にはちゃんと大きな乳首があって、ムクはほっとする。でもすぐに、黒い水のなかから安堵した顔つきで自分を見つめてくるもう一人の自分の右胸にあるべきものがついていないことに気づいて、はっと息を止め、それから飛び立とうと翼を広げはじめたのを途中でやめる鳥のように、ふくらんだあばら骨を落胆といっしょに胸にしまい込んで、重たく湿った息を吐き出す。完全な人なんてどこにもいないんだから。そう私が言うと、ムクは頭をもたげ、何本か欠けたところのある黄ばんだ歯列を見せて、嬉しそうに笑い、ふたたび歩き出す。失われた乳首とひとつ取り残された乳首を誇示するように大きく胸を張って。

私たちはほとんど何も身につけていなかった。でももう誰の目も気にする必要はなかった。町からは人が消えつつあった。中央広場と城壁の外にかつてあった養殖場とのあいだを結ぶ町にただ一路線だけあるトラム。このトラムに乗って、住人たちは町から離れていったからだ。トラムの路線が運河沿いを走る区間もあり、歩いていると、がたん、がたん、と沈み込んでいた地面が突然息を吹き返し、トラムが私たちを追い越していくことがあった。すでに大部分の住民が町を去っていた。避難が開始された当初は、何本もの増発便が設けられ、この地方の中心地でありながらも、養殖業の衰退による不景気から、いつまでも雨の上がらない曇天を見上げてつくため息のような重苦しい停滞感に包まれていた町が、突然かつての繁栄を取り戻したかのように、目を上げれば、町と養殖場のあいだをトラムが頻繁に行ったり来たりしていたのだ。ちがうのは、城壁の外から戻ってくるトラムに乗客が一人も乗っていなかったということだ。外部から町に侵入することは禁じられていた。そのうち増発便はなくなり、定期便も減らされ、いまでは一日一本も走っていればいいほうだった。

それなのに、そのトラムに乗るのが大変だったのだ。いま、ムクと私の横を通り過ぎていったトラムを見れば、そのことはすぐにわかる。かつてはトラムの利用者といえばその大部分が、養殖場と町のあいだを行き来する、いちように鼠色の作業用つなぎを身にまとい、血の汚れが目立たないように黒や濃紺の長靴をはいた労働者たちだった。でもいまトラムに乗っているのは、ごくふつうの人たちだった。通りの角で立ち止まって話をしていたり、店で買い物していたり、公園の並木道を手をつないで散歩していたり、学校の中庭を楽しそうな声を上げながら走り回っていたり、揺りかごのなかですやすや眠っていたりしたのに、そうした行為がまるで夢のなかの出来事であったかのように唐突に中断され、そのまま中央広場にある庁舎前の停車場からトラムに乗り込んでいる自分たちに驚いているような表情がうかがえた。

気がつくと、私たちの足下では、トラムが遠ざかってもなお地面が不穏に脈動しつづけていて、そもそもそんなものなど存在しなかったかのように、トラムの車輪がすっかり錆びついたレールを軋らせる音もモーターが回転する音もすでに聞こえなかったし、記憶にあるかぎりでは、足の踏み場もないほど人々がぎっしりと詰めこまれた車内を満たす熱気と悪臭は、曇ったガラスに遮られてやっぱり私たちには届いてこなかったのだけれど、それでも赤ちゃんと小さな子供が激しく泣き叫ぶ声が耳について離れなかった。

ムクと私は思わず立ち止まり、しゃがみ込んだ。地面がこらえきれずにとうとう嗚咽を漏らしはじめ、ひどく体を震わすので、まともに立っていられなかったのだ。地面を慰めようと、ムクは右手を垂らして、広げた手のひらを地面にそっと添えた。手をついて立ち上がろうとする仕草とそっくりだったけれど、地面を支えてあげていたのはムクのほうだったと思う。そんな私たちをよそに、運河の水は何も見ないふりを決めこんでいた。私たちに申し訳なさそうに城壁の向こうから気弱に吹きつけてくる北風が、模様を多様に変化させながら小刻みに揺れる美しい波紋を水面に彫りつけて気を惹こうとしても、そしてその風と同じくらい斜めに傾いた陽光が、黄金の糸で紡がれたヴェールで愛撫して気持ちをほだそうとすればするほど、運河の水はかたくなに身をこわばらせ、街路樹や私たちの像はおろか、空の青さまでも映そうとしなかった。そのうち赤ちゃんの声は次第に力を失っていき、宙を漂うか細い糸屑のように、無意味なくらい透明な沈黙のなかに紛れて、もう見えなくなっていた。トラムが見えなくなったあともトラムが通過する前と何ひとつ変わるところのない――どこでもいいから端のほうをつまんでめくり上げたところで、少しも代わりばえのしない、いやそれどころか、めくり取られたために世界一枚分さらに薄っぺらくなった別の世界が現われるだけだとしか思えない――この世界のなかで、本当は、この陰鬱に沈み込んだ運河の水だけが、その奥深いところで、それがどんなものであれ真実とつながっているような気がした。

運河のそばを歩いていると、鳥のさえずりも町の喧噪も聞こえないのに、トラム乗り場には、巨大な人だかりができて、激しい苦痛をやり過ごすこともできず、ただ傷口から魂がこぼれ落ちきるのを待って横たわるほかないひとつの生き物のようにうごめいていた――撃ち倒したものの、その生き物はあまりに得体が知れないものだから、狩人たちもみずからの手でとどめを刺すことをためらい、そのまま放置しているのだ。あまり降ることのなくなった雨と同じくらいまばらに、しかし雨と同様やって来るときは激しい爆撃がときどき空から加えられることがなかったら、倒れた街灯の柱、ひん曲がった道路標識、穴ぼこだらけの舗道、濡れた赤黒い土をむき出しにするめくれた広場の敷石、破裂した水道管から勢いよく溢れ出す水、そういった破壊の光景はすべて、まだ余力があって苦悶に身悶えする、確たる形を持たずたえず流動するこの生き物がひき起こしたものだと思われたことだろう。退去命令が出されてからもうずいぶんと経っていたのに、トラムに乗ろうとする人はあとを絶たなかった。入りきれない人を押し込みながら、軍服を着た――緊急事態ということで町は軍の統制下に置かれていた――運転士と副運転士が、うっとうしそうな声で毒づくのが聞こえた。
「ゴキブリといっしょできりがないよ！」
ひどい言い草だと思った。また別のときにはドブネズミ呼ばわりしているのも耳にした。集まった大人たちはどの人も、濃い憔悴の色やくすんだ諦めの色を帯びた不思議な沈黙を、着古した、でも明らかに寸法が合っていないのに積年だましだまし使ってきた地味な外套のように身にまとっていて、足を踏みつけられようが、胸ぐらをひっつかまれて殴られようが、ひき倒されて蹴りつけられようが、決して騒いだりわめいたりしなかった。母親たちがその胸に、滅びゆく世界の最後に残されたただひとつの拠りどころのようにして、かきいだいていた赤ん坊たちですら泣いていなかった。
たぶんそのことを――自分たちが人間の世界を人間の世界につなぎとめる最後の拠りどころであることを、かばうこととすがることがひとつになった腕と乳房の圧迫が伝えてくるぬくもりを介して理解していたからこそ、赤ん坊たちはみんな、泣き出す直前のように体を石でできた拳に変えてこわばらせ、悪意と疲弊が大気の構成要素のひとつとして瀰漫《びまん》する世界に対して無防備に身をさらすことによって、けなげにも抵抗していたのだと思う。耳障りな声で怒鳴りつけたり、必要もないのに内心の恐怖を隠すように脅しつけるのは、運転士たちのほうだった。感染しているのは彼らだった。だからこそ、病原菌をかかえ込んだ痰を吐き出すように、あんな汚らしい罵りをまき散らさなければならないのだ。その浴びせかけられる毒を、うなだれ、すぼめられた無数の頭は、ただじっと耐え忍ぶことしかできなかった。

この人たちはみんな伝染病から逃げようとしているのに、と憤慨したムクが、私が止めるのもきかず、拳を握りしめた腕を頭上に振りかざして、うねくる人波が銀色のトラムの車体に無慈悲に断ち切られるところに立った運転士たちに向かっていこうとした。ムクが振り上げた腕は、先端についた拳ばかりが不格好に大きくて、ちょっと風が気まぐれを起こして強く吹けば、みずからの蕾の重さに茎がぽきりと折れてしまう、だからどんな花を咲かすのか誰も見ることのできない植物を、そしてひどくやせ細った体に大きな頭が乗ったムクの姿そのものを思い出させた。そんなふうにムクの頭がへし折られてしまうことを私は何よりも恐れた。でも私がうろたえてムクを止める必要はなかったのだ。すでに隙間のないほど凝集した人々の波は、まるで異物を排除するように、ムクを受けつけてはくれなかったからだ。それに、私が言わなくてもムクは気がついていた。手を振り上げているのは、ムクを除けば、運転士と副運転士だけだったのだ。それ以外の人々の手は無抵抗にだらりと垂れているか、大切な人の手を握るか、小さな子供や赤ちゃんをぎゅっと抱きしめているだけだった。

どうして？　とうなだれたムクが力なく手を下ろした。ムクは私を見た。眼窩に落ちくぼんだ大きな目が濡れていた。その奥にある黒い瞳のなかで、何か胎児らしきものが動いていた。よく見ると、その胎児もまた大きな頭の横に添えるように両手を上げて小さな拳を握りしめていた。そのまぶたと同じようにやさしく閉じられ、まるでなかに瞳をそっと握っているような拳。どうして抗議しないのか？　そうムクは言いたいのだ。

理由をどう説明してあげたらいいのか私にはわからなかった。運転士たちの機嫌を損ねたくないから？　とムクの子宮のような瞳のなかで胎児がぐるっと半回転して背を向けた。そうじゃない。もしもあの人たちがすべて自分では気がつかないうちに伝染病に感染してしまっているとしたら。そのためにもう立っているのがやっと、愛する者たちに触れていることだけで精いっぱいで、手を振り上げる気力なんて体のどこにも残されていないのだとしたら？

　ムクはさらに目を見ひらいた。眼球がこぼれ出しそうにふくれ上がり、破水してしまいそうだった。水がどんよりと濁り、胎児の姿が見えなかった。私も視線に力を込めて、ムクを見つめ返した。もう感染してしまっているのだとしたら、逃げたところで何になるの、なんて訊かないでほしかったから。だったらどうしてムクはトラムに乗ろうとするのだろう？

　中央広場からトラムに乗ることができなかったから、私たちは運河沿いの道を歩くことにしたのではなかったか？　町をぐるりと取り囲む城壁に沿って、いわば内堀のように運河が掘られていた。でもいったい何のためにこの運河が存在するのか誰も知らなかった。この町の始まりは、沼地のまわりに作られた小さな集落だったそうだ。その遺跡の一部はいまでも養殖場の施設として利用されてもいるということだった。ところが、この町の創建にまつわる伝承と城壁の建設の理由はひどく矛盾していた。つまりこの壁は、養殖場から聞こえてくる歌声を遮断するために建設されたものだというのだ。そして現在の町は、そうやって壁と同時に建設された城（時計塔のそびえる庁舎がかつては城だったと言われていた）のまわりに発展してきた市街だということだった。運河の幅は本当に広いので、その向こうにある城壁の様子ははっきりとは見てとれない。しかも運河の水はしょっちゅう深刻なメランコリーに捉えられて、重苦しい黒い霧を発散していたから、ますます城壁を観察することはできなかった。

　時おり、運河の岸近くまで、指のない子供の手のひらや大きな魚の鱗を思わせる、見ているだけで魂が握り潰されるような感覚をもたらす葉が流れ着いてくることがあった。それらは城壁にびっしりと取りついた蔓草の葉だということだった。誰も拾い上げようとしなかった。城壁を構成する無数の石と石のあいだには、この町の創設にまで遡る記憶が封じ込まれていて、その隙間に根をびっしりと張りめぐらせ、町の記憶を主たる養分として繁茂する蔓草はきわめて危険な毒性を帯びているからだ。

　けれどその蔓草の檻は、搾取すべき町の記憶を石のなかに完全に閉じ込めておくことはできなかった。夜もふけるころ、それらおびただしい記憶たちは、石と石の境目からこぼれ出し、うねくる蔓草をつたって降りながら、夜であろうがなかろうが暗い、だから夜までも拒絶している水面近くまで近づくと、運河に次々と滑り落ちていった。真夜中過ぎに、空には無数の星がまたたいているのに、遠くから雨が水面を叩くかすかな音が聞こえてくると、町の住人たちは大慌てで、扉に錠をかけると、窓ばかりでなく鎧戸までもかたく閉め、用心深いものは耳栓だけでなく、マスクやタオルで口と鼻を覆って、ふたたびベッドに潜り込むのだ。町の古い記憶が、耳から私たちの体の内部に侵入し、眠りの扉をこじ開け、そこに悪夢を流し込むことを恐れていたのだ。

眠りを奪われることを恐れるあまり、眠ることができなくなってしまった人たちも数多くいた。そしてそんな眠れぬ夜に、ひとしきり身悶えしたあと、ベッドから抜け出し、ふと首都の医学生だった時代の追憶に駆られて、背表紙のはがれた重たい医学書を書架から取り出してきて、黄色い頁をめくりながら、このような不眠をもたらす神経の不調こそが、疑いようのない伝染病の最初の徴候だということを発見して、ますます眠れなくなったのだと、トラムの乗り場で隣人に疲れた苦笑を漏らしながら言っているのは、町に軍隊とともにやってきた軍医によってお払い箱にされた年老いた町医者だった。

町の記憶こそが伝染病の正体なのだろうか？　それはちがうと思う。私たちが住む岸辺までは遠かったから、城壁から溢れ出したすべての記憶が運河を泳ぎきることができたわけではなかったからだ。ほとんどが途中で力尽き、水の底に沈んでしまっていた——そうした場所では、ごぼっ、ごぼっ、と暗い水面から一瞬だけ泡が湧き上がった。だから、ただ死ばかりではなく、記憶の死という二重の死を、そんなふうにかかえ込まされることになる運河の水が、どろどろと濁り、臭気をこもらせ、陰気くさくなってしまうのは、むしろ当然のことではないか。岸辺までたどり着いた記憶たちにしても、その多くは憔悴しきって、並木道のそこかしこ、根元から吹き飛ばされた木々のあいだに、まるで記憶たち自身がかつて爆風に飛ばされたことがあってそれをあらためて思い出したかのように、バタバタと倒れ伏していったのだ。全身を覆い尽くす黒い水をしたたらせながら、立ち上がり、おぼつかない足取りで歩き出したかと思えば、舗道の穴ぼこやもぎ取られた木の枝にたちまち足を取られ、あるいは瓦礫の山に行く手を阻まれ、数歩も行けないうちに、意気沮喪したように崩れ落ちる姿も少なくなかった。

ムクはそうした記憶たちが起き上がるのに手を貸そうとした。ムクは純粋な同情や親切心だけからそうしたわけではないだろう。町の内部からは見えない城壁の向こう側に人だかりができているという噂を私たちは耳にしていたからだ。

そんな人たちは、どうせすぐにいなくなるだろうと誰もが考えていた。町が伝染病に汚染されてしまったことは、国中の誰もが知っているはずだった。私たちに退去命令が出されるより先に立ち入り禁止命令が発令されていたことを私たちはラジオで知っていた。もちろん新聞は郵便物と同様届かなくなっていた。それでも首都や他の地域に住む親戚や友人宛に人々は手紙を書かずにはいられなかった。集荷されない黄色い郵便ポストの投函口からは、白や茶色の舌がだらんと垂れ下がり、ポストのまわりには入りきらない手紙が聞き届けられることのない狂人の祈りのように飛び散っていた。電話線はすでに遮断されていた。そのことに関しては、肉声から電線を通じて感染が広がるのを防ぐためだという説明がなされた。外部との通信の手段はもはや町に展開している軍隊が使用する軍事無線だけだった。でもその町を飛び交う電波が疫病に汚染されていないと誰にわかるのだろう?

とにかく町からは情報を発することはできなかった。私たちは遠くから与えられる指示を待つことしかできなかった。そうした閉塞状況に嫌気がさして、なんとか外部との交信ができないものかと考えをめぐらしているうちに、これは名案だと、ひそかに伝書鳩を飼育している人たちもいた。でも生き物を通信手段に使うなんて、それこそ病原菌を国中に、いやそれどころか、そもそも鳥たちには私たちとちがって国境などという窮屈な概念はないのだから、近隣諸国にまでばらまくことになってしまうではないか。そんなふうにして、もしも他国で感染者が確認され、私たちの町が置かれた危機的な状況とそれが国中にもたらした忌まわしい混乱を知らないはずがないその国が、それを私たちの国による陰謀だと解釈でもしたら、ただでさえ国境地帯で小競りあいが頻発する不安定な関係にあるのだから、たった一羽の鳩であれ、国際的な軍事紛争の引き金となりかねない。そのようなゆゆしき事態を未然に防止するという理由で、伝書鳩の飼育者たちは不穏分子として、中庭に続く扉を蹴破って踏み込んできた特殊部隊の兵士たちによってその場で射殺され、鳩小屋といっしょに焼き払われた。鳩小屋の扉が開いていたので、銃声に驚いた鳩たちが慌てて空へと逃げようとした。その鳩を撃ち落とそうとする兵士たちの機関銃の音が、あたかも不気味な怪鳥の群れがいっせいに翼を打って空に舞い上がる音のように響き渡り、私たちの耳をつんざいた。振り返ると、時計塔の上空へと向かっていた鳩が、突然空から、壁にぶつかり粉砕した時間の破片のようにばらばらと落下していくのが見えた。

鳩ばかりではない。とにかく感染経路となりうる生物は徹底的に駆逐されていた。どんな動物が危険なのかと、町のそこかしこで滅菌作業を行なっているガスマスクと防護服に身を包んだ兵士たちに尋ねても、納得のゆく答えは返ってこなかった。それでムクはついしつこく訊いてしまう。それが気に障ったのかもしれない。

「おれたちが殺しているのが、病原菌だ！」

ムクに向かって、マスクのせいで不快さばかりが増幅された声が響いた。そんなふうに吐き捨てられると、まるで私たち自身が根絶やしにできない厄介な病原菌であるかのような悲しい気持ちがした。

そして兵士たちはあらゆるものを殺さなければならなかった。私たちは飼っているペットや家畜をひとつ残らず中央公園に連れてくるように言われた。伝書鳩の一件があったので、誰もがいちもにもなく従った。誰だって自分の命が惜しい。殺戮が終わってからもしばらくのあいだ、町に垂れ込めるただでさえ重苦しい大気のなかに、犬や猫やヤギや豚や羊や牛や鶏やガチョウの悲痛な鳴き声や、亀やトカゲの無言の叫びが漂いつづけ、いくら耳を両手で覆い隠しても、魂に直接突き刺さってくるその音を消し去ることはできなかった。大気から音の記憶が消えてもなお、生きていたとき以上に飼い主に忠実になった動物たちはそのような声として、私たちのなかに住みつき、どうしても離れようとはしなかった。そのために小さな子供たちは悪夢にうなされ、涙を流して泣き叫ぶことになった。親たちはすがりついてくる子供たちをいったんはあやそうとしたものの、すぐに思い直して泣くに任せた。子供たちの激しい泣き声に打たれているあいだは、そのように聾された耳には、あの動物たちのおぞましい泣き声が聞こえてこないからだ。それに子供たちはそのうち泣き疲れてぐっすりと眠りに落ちる。だが、そのあとも体の奥底から湧き上がってくる痛ましい声に苛まれて、鳥のさえずりの消えた朝を悶々と待たねばならないのは大人たちなのだ。それが伝染病の典型的な初期症状にそっくりだということに誰もが気がついていた。もちろんそのことを、軍隊の作戦司令部が陣取った庁舎の脇に設置された医療用テントに待機するよそよそしい軍医連中に相談しようとする者はいなかった。伝染病のこれ以上の拡大を防ぐ目的で取られた動物たちを殺すという措置が、かえって感染者を増大させているのではないか。そんな疑念をあらわにして、当局に目をつけられてはかなわないと保身に走ったからではない。端的に感染者として、あの動物たちのあとを追いかけることになるのが怖かったのだ。受け入れてくれるべき魂がもはや存在しない町でいつまでも宙をさまよい歩くのが恐ろしかったのだ。

野良犬や野良猫はもうどこにもいなかった。本当を言えば、毛がぶざまに抜け落ち、口のまわりにはただれた潰瘍が巣くい、見るのも痛ましいほどあばら骨が浮き出て、つらそうに足をひきずっていた、あの哀れな動物たちのそばにいて、乏しい食事と醒めやらぬ孤独をつつましく分けあって暮らしていた浮浪者の姿も消えていたことに町の人々は気がついていた。でもみすぼらしい格好でうろつく犬や猫には、背けることなくじっと視線を向け、十秒もすればきれいにかき消える罪責感に苛まれながら、人間の無慈悲に憤慨することができた人たちも、浮浪者たち（その多くは、養殖場の閉鎖で仕事を失った労働者たちだということだった）に対しては、余計な罪悪感と無力感を背負い込みたくなかったからか、ちらりとも目をやることなくその前を通り過ぎていたのがつねだったし、思い出そうとしても顔ではなく、黒ずんだ踵くらいしか記憶にないのだから、ひょっとしたらもともとそんな人たちはいなかったのかもしれないと自分を慰め、みずからの心のほの暗い片隅にもうずっと以前から居ついている汚れた不安の存在になるべく注意を向けないようにするのだった。

野良犬や野良猫だけではない。下水からドブネズミが消えた。ゴキブリですら姿が見えなくなっていた。それも無理のないことだ。伝染病が確認されてから三週間ほど経ってから、ついに軍用機が飛来した。外部との行き来が禁止されていたこの町に備蓄されていた食糧が尽きかけていたころだ。生活に必要な物資の入ったコンテナを空から落とす救援作戦が展開されるのを、いまかいまかと町の住人たちは待っていたのだ。広大な国土の辺境のあちらこちらに建設されつつある開拓地では、いまだに鉄道も敷設されず、幹線道路からもほど遠いために、悪天候や飢饉のときでなくとも、空輸による生活物資の供給が行なわれているという記事を新聞で読んだことがあった。そういう場所に行ってみたいという子供らしい願いが、膝の上に開いた冒険小説(空き家の本棚から他の本といっしょにまとめて抜き取ってきたものだった)の頁から顔を上げたムクの大きな瞳には燃え立つように輝いていたものだ。でももう住み慣れた町を離れて冒険に旅立つ必要はなかった。長い歴史を誇るこの町自体が、飛来する飛行機が空から鳥の糞のように落としていく物資を待ち暮らす辺境の開拓地と同じような状況になっていたのだから。

ところが、時計塔に接触するのではないかと心配になるほど目いっぱいに高度を下げて近づいてきた軍用機が私たちの町に次々と落としていったのは、灰色がかった白い粉だったのだ。その日から二週間ほどのあいだ、一日二度、軍用機がやって来ては、その粉を町中に散布しつづけた。おかげで太陽が隠され、町中が曇天に押しひしがれた真冬の日のように暗くなった。しかも飛行機がやって来る時間帯はあらかじめ私たちに告げられることはなかったので、遠くの空に飛行機の轟音が聞こえてくると、私たちは粉まみれにならないよう、ちょうどにわか雨をやり過ごすような具合に、慌てて軒下に隠れたり、家のなかに走り込んだりしなければならなかった。

焼かれて残った骨をすり潰したような薄気味悪い灰白色の粉がどのような成分なのかはわからなかったけれど、もちろん人間の体によいものであるはずがなかった。かわいそうに喘息持ちの子供たちは、より頻繁に起こる発作に苦しめられた。気管疾患を患っていなかった人たちまでも何かにつけて激しく咳き込むようになっていた。誰もが微熱を感じていた。食欲は減退していく一方なのに、時おり吐き気に襲われた。目眩を感じなくとも、何でもないところでけつまずいた。しかも粉に触れた部分がひどくかゆくて仕方ないのだった。ぼりぼりとかきむしっているうちに、皮膚は真っ赤になり、血の混じった黄色い汁がじわじわとしみ出してきた。その汁のついた指で触れた他の部位もかゆくなった。かきむしったあとには、暗い銀色の、光の具合によっては玉虫色に輝くかたいかさぶたができて、ひどい人になると体のほとんどが鱗で覆われたようになった。いくら近代的な生活に慣れて久しいとはいえ、どの瞬間にも断ち切れてしまいそうな希望によって束ねられた無数の声が暗いメロディーとなって、直視に耐えないものを覆い隠そうと水面に立ち込める重たい瘴気の帳をかき混ぜるのをやめない、そんな沼のまわりに起源を持ち、養殖が始められるずっと以前から、そうした歌声を発する喉を無言で切り裂き、かすれきった声の代わりにとめどなく血をほとばしらせることを生業にしてきたこの町に生まれた人間の心根には、どこか古い時間の堆積につらなる迷信深いところがあるのだろう。まわりの者、そして自分の体が鱗に覆われていくのを見て、ほれ見たことか、呪いだと、耳を貸してもらえなかった預言者を思わせる勝ち誇った口調で、唾液の泡を皮相にひきつった口の両端に粘らせて言う年老いた人たちも一人や二人ではなかったのだ。

遠い昔、養殖場で働いていた老人たちの思わせぶりな目つきに、その「呪い」とはいったい何を意味するのかとムクは問いたげだった。でも老人たちに尋ねたところでかんばしい答えは帰ってこなかっただろう。そうした老婆や老爺は例外なく、まだ労働者が奴隷のように酷使されていた時代に養殖場で働いていた人たちで、指のあいだを流れ落ちる砂粒のようにとめどなくこの世界から暗い沼の奥底へとこぼれていく無数の魂が、弾ける泡のように消えるその瞬間まで発しつづけた声にずっとさらされていたためにすっかり聴覚を失っていたからだ。収入のいい養殖場で働くための条件として、作業の遂行の邪魔になる哀願の声を聞かずにすむようあらかじめ鼓膜を潰すことが義務づけられていたというおぞましい噂を耳にしたこともあったけれど、その真偽のほどについては誰も尋ねようとはしなかったし、老人たちも言葉にできないことは胸の奥に秘めたまま自分たちの体験を他人には伝えようとはしなかった。もしもあの老人たちが、労働する彼ら彼女たちのまわりに降り注ぎ、いくらきつく耳栓をしていたところで聞こえてくる声によって永遠に聴覚を封じられてしまったのだとしたら、もう外部からどんな音も入ってくることのなくなった体のなかには、あの声が時間による変形や歪曲を蒙ることのない純粋な状態で保たれているにちがいない。また、もしもトラムに乗って養殖場に向かう彼ら彼女らの耳がすでに潰されていたのだとしたら、聞き届けられることはないとわかっていてもなお狂ったように歌いつづける声を鮮血といっしょに全身に浴びながら、昼も夜もなく働いていたあの人たちを覆っていた絶対の沈黙こそが、私たちの誰も耳にしたことのない声だったのではないだろうか。かつて私たちは無為を持てあますと、冷たい大気のなかに気まぐれに歌声を探して耳を澄ましたものだ。ひっそり息の絶えたような町だとはいえ、あの当時はまだ人間と自然の営みとがいっしょになって奏でる雑多な音楽は聞こえていた。でもそのなかに私たちの求める、そして私たちの慈悲を乞い願って震える音の線を見いだすことはできなかったし、心のどこかでそんなものが聞こえるはずがないと決めつけていたふしもある。かりに祈りを捧げるような声が聞こえてきたとしていたら、それは内心の不安から必死で逃れようとする私たち自身の声なのだろう。いま、鳥のさえずりが消えたこの町で、風がやみ、私たちを苦しめる殺された動物たちの声が大気中からふと消えるとき、それは単に私たちが泥の沼と化した心の奥底にどこまでもどこまでも沈潜しているだけなのかもしれないのだけれど、決してふさがることのない傷のようにぱっくりと口を開けた静けさが出現することがある。あれこそ本当は私たちが怯えながらもずっと聞いてみたいと願っていた声なのかもしれない。

微熱、悪寒、目眩い、頭痛、吐き気、食欲の減退、咳の発作、そして皮膚の異変。こうしたすべてがどれもこれも伝染病の症状にあてはまることはわかっていた。あの灰色の粉こそ伝染病の原因なのだと、通りですれちがう人の手をいきなりぐいっとつかんで、耳元に叫ぶ人もいたけれど、神経症的なほど疑ぐり深くなるのもまたこの強烈な伝染性を持つ病の徴候のひとつだということはすでに知られており、そのような疑念を執拗にくり返すひん曲がった口の上に、ぴくぴくと痙攣する鼻孔と血走った目を認め、また兵士に聞かれるのを恐れて、足止めされた人たちは、痕が残りそうなほどきつく食いこんでくる指を一本いっぽん引きはがすようにして、どうにか身を離し、そういうことを大きな声で言ってはいけないとささやくように言い捨てて、足早に立ち去っていくほかないのだけれど、実はもう兵士たちのことなど心配する必要はなかったのだ。当初は、その落ち葉色の軍服のせいで、町じゅうが突然秋のただなかに閉じ込められたような印象を与えるほど、私たちの視界を占領していた多数の兵士たちの姿がいつの間にかどこにも見えなくなっていたからだ。そのことについて、ああやこうやと甲斐のない仮説をめぐらせている場合ではなかった。時間はなかった。町を離れるしかなかった。どうしても家から離れようとしなかった人たちでさえ、待ち望む救援物資ではなくて灰のような粉をまき散らす軍用機が消えたあと、今度は翼の影も見えない高度から、やはり物資の詰め込まれた落下傘付きのコンテナではなく、建物も私たちも一瞬のうちに灰にしてしまう強力な爆弾が落とされるようになると、重たい腰を上げざるをえなくなった。

町のいたるところから黒い煙が立ち昇っていた。時計塔から観察を続けていた人たちは、それはここだけに限られたことではないと言って、まだトラムに乗ることができずに町に残った人たちを慰めようとした。城壁の向こうにどこまでも広がる平原のあちらこちらから煙の柱が伸びているのが見えるのだから、と。もちろんだからといって私たちの町の置かれた状況が変わるわけではなかった。

時計塔から降りてきて観察の結果を私たちに伝えてくれる者たちのことについて、ムクの瞳のなかに見える胎児が好奇心の足を蹴り立てているのがわかった。時計塔の頂上へと続く階段の入り口は、庁舎の二階にあるかつては謁見の間だったという大会議室の暖炉の脇にあった。その会議室に軍隊の司令部の中枢は置かれていた。そしてもちろん一般人が特別な許可証なく庁舎のなかを自由に行き来することはできなかった。そのうえ、私たちの知らぬ間に司令部は引き払われており、そのからっぽになった庁舎がまず最初に爆撃の標的になったのだった。庁舎の正面玄関から突き出した屋根を支えて並んでいた六本の列柱は、折り重なるように倒れ、入り口を完全にふさいでいた。その他のいくつか存在する出入り口もすべて、まるで知られては不都合なことを湮滅するように部隊の退去時に爆破されていた。時計塔にしても、気まぐれにあちらこちらとかじり取られたトウモロコシの芯のような具合で、誰がどう考えても内部の階段が無傷であるはずがなかった。時計塔自体これまで倒壊していないのが不思議なくらいだった。

まるで瓦礫の下から這い出てきた影のように気がつくとそこにいる、時計塔から降りてきた人たちは、ムクの問いたげな視線の意味を勘違いしたようで、ムクには時計塔には登らないほうがいいとかたく勧告した。どうして？　ムクの瞳のなかの胎児がもう一蹴りする。それは……言いにくそうに観察者たちは口ごもる。何が言いたいのか私にはわかっていた。その言葉を消え入ったところから引き継いで答えてあげたかった。時計塔の上から遠ざかっていくトラムを見たら、どんな気持ちになるかしら？　一刻も早く町から出ていきたいといてもたってもいられなくなるのではないだろうか？　でもそれはムクが求めていることではないはずだった。

いまムクが知りたいのは、城壁の外に集まった黒い人々のことだった。入り口はふさがれ、階段は破壊されていたにもかかわらず、時計塔の頂上にある観察地点を毎日辛抱強く訪れる人によれば、その黒い群衆は町に入りたがっているように見えるというのだ。抗議するように振り上げられた拳が揺れている。開けろ、なかに入れろと降りしきる雨のように激しく天を突いていたかと思った腕はしかし、大地から立ち昇り、強風が吹き荒れる上空でも輪郭をかき消されることなく、そのまま天に突き刺さって、びくともしない黒煙のような強さはなく、だらりとすぐに垂れ下がってしまう。それでも城壁が小刻みに震えているのは、その拳が諦めきれず、力を振りしぼり、城門を激しく叩いているからだ。時計塔からはその様子がもちろん見えるはずはなかったのだけれど、城壁の振動が伝わっているからこそ運河の黒い水面に無数のさざ波が立っているのだと観察者たちは断言した。

その言葉に、ムクはひどく心を動かされたようだった。もちろん外界を映すことを拒む運河の水が、いくら錆びの浮き出た鉄面皮をよそおうとしても、夜な夜な城壁から落ちてきて、その黒く形を持たない体のなかで次々に溺れ死んでいく無数の記憶の悲しみに感染してしまい、内側からこみ上げてくる声にならない嗚咽を、むしり取られた美しくも怪しい小さな花びらのような微細に震える波紋として、表層に浮かび上がらせずにはいられないことは——だから水が揺れているとしたら、それは決して外部から加えられる力によるものではなく、抑えることのできない黒い水自体の震えによるものであるということは、ムクだってちゃんとわかっていたはずなのだ。それにもしかすると、城壁の外側に、蔓草に指を絡めて張りつくように群がる黒い人だかりについて何でもいいから知りたくて、岸辺までなんとかたどり着くことのできた記憶から何か手がかりとなることを聞き出せないかと、けなげに毎日運河のそばにやって来るムクに同情した水が、ムクの魂の揺れについ感応してしまい、震えてしまったということも十分にありえる。

たとえ城壁を揺らすことができなかったにしても、たしかにムクの心を揺さぶった、あの黒い群れをなす人たちはどうして町の住人たちが見捨てて立ち去るこの町に入ろうとしているのだろうか。伝染病がそれこそ城壁を覆う蔓草さながらいたるところを覆い尽くしていると知ったうえでもなお、つまり自分の命が危険にさらされることは覚悟の上で、それでも入るのを諦めることができない。それほどまでに人をつき動かすものがあるとしたら、それはどのようなものなのか？　自分の命よりも大切なものが町にあるのだ。自分の命よりも大切なもの？　ムクはそれが何であるかわかったと思ったのだ。だからムクは、運河の岸辺に倒れ伏した息も切れ切れの古い記憶たちに肩を貸してかかえ上げては、まだ倒れていない木々の爆風に負けじと猛り狂う葉が作る緑の天幕の下に運んであげたのだ。城壁の内部にずっと潜んでいた記憶は、ごく間近からあの黒い人たちを見ていたはずだった。城壁のこちら側とちがって岸辺から隔てる運河のない外側では、黒い人たちと町の古い記憶が言葉を交わすこともあったはずだ。ムクはひとりひとりを抱き寄せ、辛抱強く尋ねて歩いた。でも記憶たちはムクが探していることに関しては何ひとつ思い出せないのだった。やせっぽちで全身を傷に覆われたムクが必死になって瀕死の記憶たちを支えている姿は見ていて痛ましかった。ムクの体はたちまち記憶たちからしみ出す真っ黒い液体で濡れた。それはムクの体から流れ落ちる汗と反応を起こして、ムクの体を焼いた。こげ臭い匂いがした。ムクの乳首があったところに黒ずんだ大きなしずくが果実のように実っては、それ自身の重さに耐えかねて、ぽとり、ぽとり、と淀んだ時間のように落ちていた。どれもこれもやせ衰えてはいたけれど、記憶たちはそれでも記憶というだけあって長い歳月をなかにかかえ込んでおり、信じられないくらい重たかった。だからこそ水のなかに飛び込んだと思ったら、たちまち沈んでしまうのだ。みっともないほどがむしゃらに体をばたつかせていたのは、少しでも身軽になるために、全身をがんじがらめにする、記憶の細部という細かい鎖を脱ぎ捨てようとしていたからだった。その結果、もう大切な記憶しか残されていない。そんな命そのものともいいうる記憶を簡単に他人にひらいてみせることはできない。それは自分の命と引き替えにしてもかまわないと思うようなものにしか捧げることはできない。

ムクと私は気がつくと、折り重なるおびただしい記憶によってできた黒い山の前にぐったりと座り込んでいた。私たちにはもうどうすることもできなかった。夜の闇がその堆積の輪郭を、いまではどこにもいなくなった鳥の代わりについばんでいた。不意に雲間から現われた月の光に照らし出されて、驚いた闇はみずからをひき裂くような大きな音を残して飛び立った。

私たちはともに手を貸しあいながら立ち上がった。ムクがひどく落ちこんでいるのがわかった。どうしても探している記憶は見つからない。ムクはとぼとぼと足を引きずるようにして歩き出した。どこに行こうとしているかはわかっていた。私にそれを止めることはできなかった。私はムクを追いかけて手を伸ばした。ムクは立ち止まり、振り返ると私の手を握り返した。それから私たちは手をつないだまま並んで歩いた。私ははっとした。いまにも折れてしまいそうなか細い首の上で頼りなげに揺れるムクの頭は私の胸にも届かないくらいの高さしかなかったのだ。弱りきった記憶の手助けをしようと懸命に立ち働く姿に感心もし、ずいぶん大きくなったと思っていたけれど、まだまだ子供なのだ。ムクがこんなに小さかったことを、あろうことか私はすっかり忘れていた。これでは私自身もあの運河の暗い水を泳いできた忘れっぽい黒い記憶たちといっしょではないか。いやもっとひどい。自分の存在にとってもっとも本質的なことを胸にかかえたまま息絶えたあの記憶たちとちがって、私は何よりも大切なことを忘れてしまっていたのだから。忘却は、伝染病がもっとも深刻な局面に達したときに現われる症状だった。
突然、がくんとうしろに引っぱられて、ムクは驚いて振り返り、私を見上げた。私は膝をつくと、ムクの頭のうしろに両手をまわし、胸に引き寄せた。ぎゅっと抱きしめた。ムクはしばらくのあいだその姿勢のまま、私の心が落ち着くのを待ってくれた。ムクも泣いていたのだろうか。たしかに私たちは記憶たちがとめどなく流した黒い液体にまみれていた。それでも私の胸をあたたかいものが濡らすのがわかった。でも、ムク、誰のために?

それから私たちはふたたび歩き出した。運河沿いの公園を横切り、住宅地に入っていった。建物のほとんどが破壊されていた。月の光に照らされて、黒い影が瓦礫からしみ出し、道路にうがたれた無数の穴ぼこを満たし、陰気な沼沢地を出現させた。その光は太陽の光を反射させ、もしかすると凝縮さえしているのだとしても、月は太陽とはちがって、触れるものに命を与え、成長させるのではなく、あらゆる事物をそこに見えているのに途方もなく遠い時間のなかに封印していた。もしもいま、立ちつくして私たちを見送るこの壁に、このカエデやプラタナスやポプラの木に手を伸ばせば、触れたとたん、それらはあとに郷愁だけを残して崩れ落ちてしまいそうだった。だからこそ私たちのまわりには崩壊と腐敗の陰惨な光景が広がっていたのだし、破壊された無数の残骸の上には、拠りどころとすべき形を失っただけにより純粋な郷愁が、哀切なまなざしで私たちを見つめ返しているだけだった。もはや道といえるものは存在しない、瓦礫と倒木と泥水からなる荒れ野を、私たちはずいぶんと長い時間歩いていた。もしもムクがだっこしてほしいと言えば、私は喜んでそうしただろう。そうすれば何かが取り戻せるような気がした。でもムクはけなげにも頼りない足取りの私を気遣って、決して抱いてほしいとは言わなかった。

荒涼とした光景の果てにムクがたどり着いた、その小さな二階建ての家の周辺には爆撃は加えられていないようだった。伝染病のためにどの家ももぬけの殻だったのだろう。どこにも人がいる気配はなかった。どの家の屋根にも飛行機が散布したあの灰白色の粉がうっすらと残っていて、とりわけ雲に隠れていた月が現われたその瞬間には、無数の銀色の光が燃え立つようにいっせいに芽吹いてまばゆかった。ところが、たぶんその粉のせいだと思うけれど、放置されてずいぶん久しいはずなのに、前庭には雑草が茂っていなかった。変色して、しなびた草が地面に張りつくように倒れていた。それらを音なく踏みわけて、ムクは玄関の戸を開けた。廊下の壁の掛け時計の音が私たちを迎えた。まるで日頃は注意を向けてくれる人が誰もいないから動くのをやめており、休養もたっぷり取った時計が、来訪者にここぞとばかりいいところを見せようと時を再開させたかのような印象で、一刻、一刻を区切る刻み目がはっきりと目に見えるようだった。

ムクの足取りは軽かった。廊下の壁を飾っていた絵や版画の額がなかった。ムクは突き当たりを右に折れて居間に入った。部屋は荒れ果てていた。ソファはひき裂かれていた。なかに何か隠されていないか注意深い侵入者は抜け目なく確かめたのだろう。

暖炉の上に置かれてあった古い鏡が消え、銀の燭台が消えていた。居間の隅に置かれてあった一世紀ほど前の小さな物入れの抽き出しがすべて床にぶちまけられていた。絨毯は踏みにじられ泥だらけだった。町から人々が逃げ出すのと時を置かずして、自然発生的に空き家荒らしが始まった。そうした蛮行から町を守るために組織されたはずの民兵たちが先頭に立って略奪を行なった。あとから町に入ってきた軍隊はそれを阻止するどころか、見て見ぬふりをし、高級住宅地では略奪に加担さえしているという噂が流れていた。

ムクはソファの破れ目のひとつに手をぐいぐいと突っ込み、ひとしきりなかをまさぐっていた。ムクが取り出したのは、折れ曲がりぼろぼろに痛んだ数枚の写真だった。ムクは写真をそっと振って埃と糸屑を払い、ソファに座り直した。私もその横に座り、ムクの両手に握られた写真を見つめた。いまよりもまだ小さなムクが祖父母といっしょに写っていた。それらの写真がまだ額に入り、ムクにほほえみかける祖父母の背後、暖炉の上から、同じ笑みをムクに向け、二重にも三重にもなった愛情と喜びでムクを包み込んでいた過去にムクを連れ戻していた。ムクは床に届かない足を振って、ぱたぱたとソファを叩いていた。

その足の動きが止まり、ムクは他のものよりも古いと思われる一枚の写真を見ていた。ムクは産着にくるまれていた。にっこりと笑っているように見えた。その見る者を幸福にするほほえみの代償に、ムクを抱く人の顔は写っていなかった。女性はムクの注意をカメラに向けさせ、笑わせようとムクのほうを向いていたからだ。ムクが笑ったと思ったその瞬間を逃すまいとカメラを持つ手はシャッターを切り、女性はいっしょに笑顔を焼きつけようとほほえんで振り返るのだけれど間に合わない。ムクはどうにかしてその人の顔が見えないものかと写真を斜めにかざしたり、目いっぱい顔を近づけてもみる。そんなふうに顔を動かしているうちに、ムクはうつむいた私の顔を覗き込むような具合になる。私の頬を伝って落ちる涙は、ムクの肩からあばらの畝を越えて、埃と泥を吸い込み、黒く濁りながら、かつて小さな乳首があった傷痕のくぼみにたどり着く。そこからあたたかい眠りがムクの全身に広がっていく。ムクは首をがくりと垂れて、ソファに崩れ落ちるようにして眠りのなかに沈んでいく。

やわらかい水の膜を介したような遠いくぐもった足音が、ムクの眠りの扉をノックしている。ムクは目を開けようとするのだけれど、まぶたは重い。ついに待っていた人が迎えに来てくれたのかもしれない。ムクの瞳のなかの好奇心旺盛な胎児が、ムクを心地よい夢のなかに守るためにかたく閉ざされたまぶたを、こじ開けようとしきりに身じろぎする。

そして翌朝、上辺を薄い赤の線で区切られるようにして、そしてその線を押し広げるようにして、厚みのある闇のなかから城壁がようやくその姿を現わしはじめるころ、ムクは中央広場にいる。トラムのまわりにはすでに人だかりができており、ひとりぼっちのムクはもみくちゃにされている。それでもムクが倒れないのは、どんな極限的な状況に置かれても人間を捨てず、ムクを憐れんでくれる人たちがいて、そうした人たちが控え目に差し伸ばしてくるまなざしと手がムクをかろうじて支えてくれているからだ。トラムの運転士たちの醜い怒号が、仮借なく浴びせかけられている。従順な羊の群れになることを余儀なくされた人の波がトラムの開いたドアに流れ込み、唐突にドアが閉じられる。朝の光と月や星々が置き忘れていった光と戯れながらはじけ散るはずの鳥のさえずりが消えた大気のなかに、簡単に壊れてしまう安っぽい機械仕掛けの運命が、錆びついた歯車を無慈悲にぎしぎし軋り立てる音が響き、トラムがゆっくりと動き出す。トラムが去ったあとも、中央広場には人々の群れが凪いだ海となって広がり、そこには諦念と絶望の潮が音もなく混じりあっている。ムクはトラムに乗っていったのだろうか、それともこの渦の奥底に沈んでしまったのだろうか。どちらにしても行き着く先は同じだった。

私はその人間の大洋に背を向け、時計塔に向かった。トラムの行方を見届けるためだった。私は庁舎の入り口をふさぐ瓦礫を通り抜け、塔の内壁に沿ってゆったりとした螺旋を描いてのぼっていく階段を一段いちだん刻んでいった。ところどころで爆撃のために何十段も階段がいっぺんに崩れ落ちていた。困りはしなかった。そういった場所では、無惨に口をひらいた穴を埋める濃い闇を踏みしめればいいだけだったから。石によって冷えた足の裏に怪しいほどに生あたたかい感触がゆっくりと広がっていく。頂上にたどり着くと、外はほのかに明るくなっていた。手すりのところにはすでに何人か集まっていて、いつものように城壁の外を観察していた。私が近づくのを見て、手招きし、場所をあけてくれた。私は手すりから身を乗り出すようにして視線を投げかけた。

トラムは追いすがる闇を振り払いながら、まだ暗い平原を東に向かって進んでいた。去りゆく夜の重みに耐えかねて両端がたわんだ地平線の、視線の届かない裏側で、何かが激しく燃やされていた。地平線の付近が、赤い色に染め上げられてゆらゆらと揺れていた。平原のそこかしこに黒い煙の柱が見えた。しかしそれらが世界がばらばらにならないように天と地を結びつけているとはとても思えなかった。

トラムが向かうその先には、他の煙にもまして巨大な黒煙が孤独な塔となってそびえ立っていた。渦を巻く煙がとめどなく吐き出され、そのために黒く染まった空を引きずり下ろそうとしていた。トラムは小さくなり、ついに煙のなかに吸い込まれて消えた。目を凝らしても何も見えなかった。

あの子は思い出してくれるだろうか？　あの胸の傷がどうやってできたのかを？まだほんの赤ん坊だったのだから、記憶は残っていないかもしれない。だからこそ記憶の代わりにあの傷痕が残ったのだと私は信じている。私の胸から無理矢理ひきはがされたとき、あの子が口に含んでいた私の乳首を噛んだあの感触を私は忘れたことはない。あの子にはまだ歯は生えていなかったけれど、どんなかたい歯で噛みしだかれたよりも激しい痛みが——そしてまるで私自身があの子から糧を、つまりは命そのものを奪うために自分の乳首を噛み切ったかのような残酷な痛みが、こんな世界にはいたくないとみずから小さな存在を破裂させ、消滅させようとするあの子の泣き叫ぶ声といっしょに私の魂を刺し貫いた。その瞬間に、あの子の乳首から血が流れたのだ。もはや泣く力もなく、土ぼこりのなかで動こうともしないあの子の産着の左胸に赤いしみが広がっていくのを、倒れながらも私はたしかに見た。だから、この伝染病の蔓延する町をさまよう、乳首をひとつ失った幼い子供を見たとき、すぐにそれがあの子だとわかったのだ。

私と並んで城壁の外を眺めやっていた人が私の肘を軽くつつくのが感じられた。ほら、とみんなが遠慮がちに、でも喜びを抑えきれず、私をうながす。

私はそっと左の乳首を押さえる。ぐっしょりと濡れた指を唇に含む。でもそこにはもう血の味はしない。

その日も、おなかの子が出ていったことに彼女は気がつかなかった。草原のいたるところでユキノハナが白い小さな花を咲かせていたから、あれは春先のことだったにちがいない。

彼女が身ごもった子はしょっちゅうおなかから抜け出した。たしかに助産婦からは出産が予定日よりは遅れる、それもずいぶん遅れるだろうと言われていた。でも日の光を見るのが待ちきれないからといって、母の目を盗んで、おなかの外に出て、そこらを勝手気ままにほっつき歩いていいという道理はない。まだほとんどしわの刻まれていないやわらかな足裏で、物思いにふけるように純白の花弁をうつむけて日だまりのなかで震えているユキノハナを踏みつけていいということにはならない。

雪は溶け、道はぬかるんでいた。足を取られて倒れ、あの子は重たい泥のなかを這いずり回ることになるだろう。そう考えると、いてもたってもいられなくなり、彼女は重いおなかをかかえて家の外に飛び出した。田舎道をたどった。目を上げれば、道の両側には空といっしょにどこまでもなだらかにうねる野原と畑が広がっている。空との境目を探して滑っていく視線をところどころで暗い森がやさしく受けとめてくれるだろう。そう思うと、ぐちゃぐちゃにぬかるんだ泥道を見つめつづけることができた。

彼女は子供を探した。子供がどこかで泥にからめとられて身動きできなくなっているのではないかと目を凝らした。踏みしだかれ、蹴り散らされた泥の模様、ぽっかりと口をひらいた穴、泥の山を目にするたびに、息が止まりそうになった。一歩一歩、黒い泥は彼女の足にまとわりついた。しがみついて離そうとしなかった。こんなふうに必死になってすがりつき、足を止めさせてまで、いったい何を見せようとしているのかしら。そう彼女は吐き気をこらえながら思った。

でもおなかの子の姿はどこにもなかった。黒い泥の道が続くだけだった。

はっとして、彼女は自分から足を止めた。

「何を見せまいとしているの?」

彼女はせり出した自分のおなかを見つめながら、小さな声でつぶやいた。あたりの音という音を吸い込んでは沈黙を吐き出している泥に、声はたちまちのみ込まれて消えた。その言葉が、彼女の足を重たくしびれさせる冷たい泥に向けられたものなのか、それとも、結果的に彼女をこんなところにまで連れ回してくることになったわが子に向けられたものなのか、彼女自身にもよくわからなかった。

「あなたはどこにいるの?」

子供が生まれてこないのは、生まれなくてもこんなふうに自由に外に出られるからなのだろうかと彼女は考えた。おなかはぱんぱんだった。膝の裏にミミズばれのような静脈瘤ができてひどく痛んだ。そのミミズたちが肌の裏側で肉をついばんでいた。

おなかを育てすぎたのかもしれない。前年の夏は好天にめぐまれた。雷を思わせる轟音が遠くでときどき鳴り響いた。空気がびりびりと震えて破れた。でもその破れ目から、水が、雨が漏れてくるまでにはずいぶんと時間がかかった。秋を、そして冬を待たなければならなかった。

夏のあいだ、彼女は太陽に向けておなかを出した。雨は少なく、それゆえに木々は実にぎゅっと養分をたくわえる。甘くておいしい果実ができるだろう。

でも油断はできない。彼女は庭に一本だけあるアプリコットの木のことを考える。庭にあるほかの果樹、チェリーにプラムにリンゴの木々がたわわに実をつける年でも、アプリコットの木だけは実を結ばないことがあった。いつあのオレンジ色の実が現われるのかまったく予想がつかなかった。おなかを日にさらすとき彼女の視線はアプリコットの木を遠ざけ、リンゴの木々ばかり招き入れた。記憶するかぎり、リンゴの木々が実を結ばなかったことはなかったからだ。ぽかぽかとあたためられたおなかはどんどん大きくなった。そう彼女には感じられた。おなかが背伸びするように少しずつせり出してゆき、黒ずんだへそが見えにくくなった。どんどんと胎児が子宮の壁を蹴った。彼女はおなかを見つめた。どんどんと叩いた。誰かが扉を叩いていた。激しく叩いていた。そんなはずがない。彼女は家の外にいるのだ。

ときには彼女は生まれたときの姿になった。生まれたときにはなかった股のあいだの毛が熱を吸収して、さらにくるりんとねじれる。きつく絡まりあい、皮膚を引っぱった。蠅が飛んできた。追い払っても次々飛んできてきりがなかった。家畜の糞や道ばたの死骸に触れた脚でさわられるのがいやだった。体じゅうを花粉まみれにした蜂なら大歓迎だったのに。蜂が近づいてきたと思ったので彼女は大きく股をひらいた。ちくりと刺されるような痛みが走った。刺したのは蜂ではなかった。彼女が目を上げると、垣根の向こうから、黒いもじゃもじゃのちぢれ毛で頭を覆われた男の子が彼女を見つめていた。十歳くらいだろうか。目の下にくまができていた。ひどくやせていた。

突然、女の怒鳴り声が響いた。男の子の肩がびくりと大きく弾んだ。垣根から離れて、男の子は声のした方に立ち去っていった。

「かわいそうに、ろくに食べさせてもらっていないのね」

それから、二度とその男の子の姿を見ることはなかった。

次に股間の茂みに燃え上がるような熱を感じたとき、彼女が垣根の向こうに見たのは、同じようにやせて疲れた様子だったけれど、明らかに前の子とはちがう男の子だった。その子も怒鳴りつけられて、一瞬怯えた顔になり、そのままどこかに消えた。どこから入ってきたのか、垣根のこちら側で、鼻水を垂らした小さな女の子が驚いたように目を丸くして彼女を見つめていたこともあった。ぽかんと口を開けていた。栄養が足りないのか、ひどく殴られでもしたのか、口のまわりには潰瘍ができて歯がほとんどなかった。その口のなかに彼女は乳首をふくませてやりたかった。どんどんと胎児がおなかを蹴った。女の子を拒絶しているのだろうか。彼女は安心させようとやさしく言った。

「あなたの場所を取ったりしないわよ」

胎児は蹴るのをやめようとしなかった。

「もしかして……」と彼女は苦痛に顔をゆがめながら尋ねた。「あの子の分の場所を作ってあげようとしているの？」

それでも蹴りつづけた。それが肯定なのか否定なのか彼女にはわからなかった。明らかに兄弟だと思われる顔のそっくりな男の子たちが彼女を見つめていることもあった。兄も弟もぐっと唇を真一文字に結んでいた。それは決して泣くまいという決意の表われのようにも見えたけれど、彼女の乳房をかたくなに拒絶しているようにも見えて、彼女は傷つけられた。やはり怒鳴りつける声がした。聞きおぼえのある声だった。彼女はもうおなかの子に話しかけるとき以外にはしゃべることがほとんどなかった。それだって実際に声を発することはまれだった。ときどき自分の声を確かめるために彼女は声を、大声を、怒鳴り声を上げた。でもそれが自分の声だとは彼女には思えなかった。

彼女のおなかが太陽の光を浴びてどんどん大きくなっていくあいだ、そういうことが何度もくり返された。

村には子供たちが増えていた。しかし子供たちが迎えられた家々で必ずしも幸せでなかったことは想像ができた。家事の手伝いや家畜の世話をさせられていた。皿がきれいになっていないと頬を張られ、にわとりの卵をくすねた、牛の乳をこっそり飲んだと殴り倒されているにちがいなかった。

彼女はおなかの子に対して腹が立った。こうしてあなたにはちゃんとお母さんがいるのに、生まれもしないうちからどうしておなかの外に出ていくの？

こんなにあなたのことを思っているのに。おなかを出して庭の草の上に座った彼女は、子供が寒いと言っていると思えば、重く張り出した乳房の裏にじっとりと汗をかいていても、おなかを太陽に向けつづけた。逆に子供が暑いと言っていると思えば、すぐにおなかを服の下にしまって木陰に入った。

この子は何を望んでいるの。望んでいないの。迷うと彼女はおなかをじっと見つめた。おなかに浮き出た血管の模様を読むことで、彼女はなかにいる子がどんな気持ちで羊水に浮かんでいるのかわかるような気がした。

何もしてやれないときもあった。子供はときどきひどく苦しがった。はじめて息子が苦しんでいるのに気づいたとき（そうだ、どういうわけだか、このとき彼女はおなかの子が男の子だとはっきりわかったのだった）、彼女はうろたえた。やみくもにおなかをさすりながら、息子に尋ねた。

「どうしたの？　どこが、何が苦しいの？」

しかし息子は答えることなく苦しみつづけた。彼女は自分に似ているのか夫に似ているのかわからないどころか、まだ目鼻もはっきりとしていない息子の顔が苦悶でゆがむのを想像した。息子は彼女のなかにいたから、もっとも心に近いところにいたから、彼女は文字どおり息子の苦しみをわがこととして受けとめるほかなかった。胸がはり裂けてしまいそうだった。息子がひき裂こうとしていた。

彼女はやさしくささやいた。

「生まれる前から何をそんなに心配することがあるの？」

まだ声帯ができていないのかしら、舌が生えていないのかしら、と彼女は思った。うかつだった。彼女のなかにいる息子には彼女の声は、実際に発せられなくともすべて筒抜けだった。おなかのなかで息子がぐるりと体を回した。

「やめて！」

彼女は叫んで、両手を下からあてがって大きなおなかを揺すった。息子がへその緒を首に巻きつけるのを阻止しようとした。

「どうしてそんなことをするのよ……？　どうして……？」

彼女は泣いていた。おなかの上に涙のしずくがぽたぽたと垂れ落ちた。すっと筋を引いたかと思えば、すぐに乾いた。しかし彼女は冷たい針に突き刺されるような痛みを感じた。頭を垂れ、おなかをやさしくかかえ込み、彼女はひとしきり泣いた。

そのうち、苦しんでいるのが、おなかの子なのか自分なのかわからなくなる。母なのに息子の痛みを理解できない自分が腹だたしく涙が出てくる。母の問いかけに答えてくれないこんな薄情な息子を持つことが情けなくて涙が止まらない。そうやってさめざめと泣いていると、苦しんでいるのは息子ではなくて自分なのではないかという気がしてくる。わが子と苦しみを分かちあうのではなく、いまやそれをひとり占めしているずうずうしい母に呆れた息子が、追いやられたおなかの片隅から冷ややかな視線で見つめているのを感じて、彼女の心は凍りつく。

「でもそうでもしなければ……そうでもしなければ、あなたは苦しいままじゃないの！」

羊水がびくりと波打ち、彼女は自分の口調のきつさに驚く。彼女の目のなかで、垣根の向こうから彼女を見つめる子供たち、道ですれちがう子供たちの顔が揺れている。彼女はもう自分を抑えることができない。

「あんたの代わりに苦しんでやってるのに！」

このままでは、息子との関係がむずかしくなってしまう。彼女の胸のなかでふくらんでいくそんな不安に圧迫され、息の詰まる思いがしたために、息子はおなかから抜け出したのだろうか。しかし二人はへその緒でつながれていた。その気になればいつでも連れ戻せる。へその緒をたぐればいい。

そう考えても何の気休めにもならなかった。へその緒でつながっているからだいじょうぶだなんて。息子は縄でつながれた犬ではないのだ。苦い酸のような思いが濁った泥水となって、からっぽになった暗くてじめじめして生あたたかい空間の内壁にじわじわとしみ出していた。

「わかったわ」

彼女はある日そう大きな声で言った。

そしてさらに叫んだ。

「あなたの好きにすればいい」

口にした言葉と反対のことを考えるのはむずかしかった。彼女の心は、彼女のなかにいる息子には透明だった。思いがありありと映し出されるスクリーンも同然だった。だから叫んで、その震動で本心を濁らせ見えにくくする必要があった。怒鳴るような大声を上げ、息子の体を揺さぶり、彼の心をも濁らせた。

彼女は寝たふりをして待った。

そして息子が帰ってくると、がばりと身を起こした。

「どこに行っていたの?」

彼女はいつになくきびしい口調で言った。息子が体の外にいるので、心のなかでどんな乱暴な怒りが渦巻いているか息子に知られる心配はない。そう思うと、安心して怒りをたぎらすことができた。

「どこに行っていたのか、お母さんにちゃんと言いなさい」

息子は何も言わなかった。

「もう耳も聞こえているはずよ」と彼女は言った。「聞こえないなんて言わせないわよ」

息子はそれでも黙っていた。

「話せないなんて言わせないわよ」と彼女は息子をにらみつけながら言った。「もうちゃんと口はできているんだから」

息子はぐっと口を結んだまま、ひらこうとしない。

「何を見たの?」と彼女は訊いた。自分の声が震えているのがわかった。「見えなかったなんて言わせないわよ。目はちゃんとあるんだから」

それなのに息子は目をぎゅっとつむったまま、何も言わなかった。

「何を見たの?」

彼女はほとんど哀願していた。

「何を見たのか、お母さんに教えてちょうだい。お願いだから……」

息子はやはり何も言わなかった。頭を股間に押しつけ、彼女のおなかのなかにもぐりこもうとした。ぐいぐいと頭を動かした。

「待って！」

彼女は手を伸ばした。指にへその緒が引っかかった。思い切り引っぱろうとした。でも、それがわが子の首に巻きついているのが直感的にわかって手を離した。

「ああっ」

両足から力が抜けた。そのすきに息子はおなかのなかにさっと滑り込んだ。しばらくのあいだおなかは大きく波打っていた。

その夜、おなかのなかで息子が何度も寝返りを打った。頭を子宮のおなか側の表面に押しつけてきた。内壁がこすれて、ぎゅうっと身を寄せあったちいさなネズミの群れが鳴くような音がした。それからしばらくして羊水が凪ぎ、息子はおとなしくなった。

彼女はろうそくを灯すと、寝間着をめくり上げた。おなかの表面に浮かんだ静脈を読んだ。息子の見ている夢がそこに映し出されているのではないかと思ったのだ。でも何もわからなかった。

彼女はおなかを何度もさすった。息子は静かに寝ているようだった。それから彼女もゆっくりと眠りに落ちていった。

目が覚めると、閉じられた鎧戸の隙間から光と鳥たちのちちちと鳴く声が落ちていた。大きなおなかに難儀しながら、彼女はベッドの上に体を起こした。

彼女ははだしのまま外に出た。太陽の光がまぶしかった。足の裏が冷たかった。庭を出て、道を横切り、野原に入っていった。いま、可憐なユキノハナを踏みつけているのは彼女だった。

青空のどこにも雲はなかった。彼女はじっとりと汗ばんでいた。彼女は両足を前に投げ出して草の上に座った。静脈の浮き出たむくみのきつい足は草の尖った葉に切られて一面を赤い切り傷に覆われていた。寝間着の裾をたくし上げた。むき出しにされた大きな乳房とさらに大きなおなかがあたたかい光に満ちた空気をむさぼるように吸い込んでいた。乳首は気づかないうちに太陽によって焼けこげ、黒ずんでいた。へそのあたりがくすぐったかった。指を伸ばしてさぐると、潰された蟻が一匹指の腹にくっついてきた。へそを巣穴とでも思ったのだろうか。彼女はそのまま上体を倒して横たわった。澄みきった空がもう一枚の皮膜となって、ドームのようにはり出したおなかを覆っていた。

彼女がおなかから顔を上げると、目の前の日だまりに、一人の老人の姿があった。見たこともない人だった。

彼女は両手でおなかをさすりながら息子にささやくように尋ねた。

「これって、あなたが見たことなの?」

いや、思いさえすれば、それは彼女のなかにいる息子には伝わったのだから、声にはしなかったのかもしれない。

日だまりには椅子が一脚置かれていた。古い毛布に赤ん坊のようにくるくる巻きにされた老人が座っていた。背もたれに深く寄りかかり、でも、がくんと首が落ち、肉づきが悪くてひからびたようなあごが胸元のしわしわの毛布の波にくい込んでいた。その泥水色の波のあいだに、鼻の先からひとつまたひとつと落ちるしずくが吸い込まれていった。

老人は動かなかった。垂れるしずくだけが時間だった。時間が溶け出して、まわりに広がりはじめた。それがくすぐったかった。

「ふふふ」

彼女は声に出して笑っていた。

空気がだらしなくぬくもっていくのが感じられた。大ぶりの木の枝はまるで上着に袖を通そうとしているように見えた。いや服を脱ぎ捨てようとしているように見えた。

でも彼女は何もしなかった。黙って見ていた。

誰が老人を椅子の上に運んだのだろうか。老人はもう歩けないから、自分の足であそこまで、日だまりにある椅子のところまで行ったはずがない。

彼女は驚いた。どうして彼女はそんなことを知っているのだろう。

彼女はおなかに向かって尋ねた。

「あなたなの?」

老人は椅子に乗せられたまま、あの日だまりまで運ばれたのだろうか。あるいはそこまでまず椅子を運び、それから老人をかかえて行ったのだろうか。

ただいずれにしてもそれは日だまりができる以前のことでなければおかしかった。でなければどうして老人の鼻の下につららができるだろうか。

老人の長いまつげがきらきらと銀色の光で輝いていたのは、そのほとんどが白髪であるばかりでなく、そこに霜が降りていたからだということに彼女は気づいていた。

では、鼻水も時間も凍りつく暗い場所に、誰がどのような理由で老人をずっと置いたままにしていたのだろうか。そこがいずれは太陽から溶け出してきた光によって満たされることが確実にわかっていたとしても。

まぶしかった。太陽はほとんど真上にあった。その光を求めてへそがおなかの球面を頂上に向かって這っていた。くすぐったくて彼女はまたもや笑っていた。いや、ずっと笑っていたのかもしれない。おなかが小刻みに波打っていた。乳房がそれに合わせて揺れていた。乳房が張り、その黒い先端からぽたりぽたりと白く濁ったしずくが落ちていた。

「あなたなの?」

彼女はおなかに尋ねずにはいられなかった。

「どうして?」

日だまりのなかにはすでに老人の姿はなかった。からっぽになった椅子だけが光に照らされていた。

遠くに列車の音が聞こえた。突然、空間に奥行きが生じる。空間が広げられていく。すべてが遠ざかる。なのに音は次第に大きくなっていった。日だまりを震わせ、ひき裂いた。いっしょに彼女のおなかもがたんごとんと激しく揺れた。子宮が痛かった。ぱんぱんに張った乳房が痛かった。それなのに、なかに息子がいるのかどうか彼女にはわからなかった。おなかのてっぺんにあったへそが力なくずるずると下に落ちていった。

彼女は立ち上がると、とぼとぼと歩き出した。おなかの息子がいるのかいないのかもさだかではないのに、体は確実に重さを増していた。

家に帰り着くと、台所からラジオの音が聞こえていた。なかに入ると、十歳くらいの男の子とさらに幼い女の子がいた。二人はラジオから流れてくる音楽に真剣に耳を傾けていた。どこまでも続く平原の上にたなびく雲のように物悲しいメロディーだった。その曲に心を奪われて、子供たちは彼女に気づいていなかった。

うちでも子供を引き受けたのかしら？　彼女は混乱した。そして両手をおなかにそっと置いた。この子がいるのに。

子供たちと目が合うと彼女は言った。

「いいのよ、ここにいても」

子供たちの顔に浮かんだ不安と警戒の色は完全には消えなかった。

「あなたたちきょうだい？」

兄がうなずくのを見て、妹も大きくうなずいた。

「名前は？」

もちろんそれが本当の名前でなくてもかまわなかった。

「どこのうちにいるの？」

兄が返事をする前に、妹が手を伸ばして言った。

「あっち」

その手には、木切れのようなものが握られていた。

「それはなあに？」

女の子はぎゅっと木切れを胸に押しつけて、彼女に背を向けた。それを見て彼女はほほえんだ。兄が女の子の耳元に口を近づけて何か言った。女の子は彼女のほうに向き直り、心配そうに伸びてくる兄の手を払いのけて、自分でその木片を彼女に差し出した。

彼女はそれを手に取った。

「くま?」

「ちがう!」

そう言って、女の子はぶるぶると大きく首を振った。

「犬だよ!」

「犬なの?」

その木彫りの像は明らかに素人の手になるものだった。

「パパが作ったんだ」と兄が得意げに言った。

「パパが作ったんだ」と妹が兄の言葉をもっと得意げにくり返した。

「じょうずでしょ?」

「じょうずでしょ?」

「ボーフレーだよ」と兄が言った。

「ボーフレー、ボーフレー」と妹が兄に負けじと大きな声で言った。

「ボーフレー?」

「犬の名前」と兄が目を輝かせて答えた。「首のところに書いてあるでしょ?」

たしかに首のところに首輪が彫られ、そこに字が刻まれていた。でもそれは犬の名前だとは思われなかった。きっと、この犬の彫像が贈られた相手、愛する息子の名前だった。

そしてそれはさっき彼女に告げられた妹の名前とはもちろん、兄の名前ともちがっていた。

この兄と妹が、わたしに対して本当の名前を言う理由はないのだから、ちがっていてもかまわない。そう彼女は思った。

兄と妹が今度は心配そうなまなざしで彼女を見つめていた。

「おばちゃん、だいじょうぶ?」

胸のところに大きなしみが広がっていた。とめどなく広がっていく空間を押しとどめようとするように、彼女の両腕は胸を強く押さえつけていた。

「赤ちゃんがいるの?」と妹のほうが彼女のおなかを見つめながら言った。

彼女はうなずいた。

「そうよ。でもね……」と言って彼女は黙り込んだ。

思いつめたような表情をして、子供たちは彼女がふたたび話しはじめるのをじっと待っていた。彼女は躊躇した。こんな幼い子供たちに話してもどうにもならないことだ。なのに彼女は言っていた。

「ときどきいなくなっちゃうの」

「いなくなるの?」と兄が心配そうに尋ねた。

「そう」と言って、彼女はおなかに視線を下ろした。

「赤ちゃん、どこにいっちゃうの?」と妹がもっと心配そうな声で尋ねた。

「わからないのよ……」と言って、彼女は首を小さく振った。

「それでおばちゃんはいつも泣いているの?」と兄が言った。

彼女は驚いて顔を上げた。

「あれはおばちゃんだったんだ」と兄が妹のほうを向いて言った。

「でもお……」と妹が顔を上げて、ちらりと彼女のほうを見てから、兄に言った。「あれは赤ちゃんの声だったよ……」

言い終わる前に、兄は両手で妹の口を押さえた。妹はその手を払いのけて叫んだ。「あれは赤ちゃんが泣いてたんだもんっ！」

「ばかっ！」と言って、兄が妹の頭をひっぱたいた。妹の顔がゆがみ、いまにも泣き出しそうになった。でも泣かなかった。不安そうな声で言った。

「おばちゃん、泣かないで」

「どうしたら見つかるのかしら？」

彼女は笑顔をこしらえ、両手で木彫りの犬を強く握りしめたまま尋ねた。

「ボーフレーにまかせてよ」と兄が言った。「ボーフレーはかしこい犬だから、きっと見つけてくれるよ。な？」

「うん」と兄に答えて、妹が力強くうなずいた。「だって、ボーフレー、わたしたちのこと見つけてくれたんだもんね」

「うん……」と兄は力なくうなずいた。

兄は妹の顔を見ようとしなかった。助けを求めるように、一瞬、彼女を見上げ、それから窓の外を見た。しかし兄の変化に気づきもせず、妹は窓の外で草木の葉を輝かせる光のように声を躍らせて言った。

「いまはパパとママを探しているんだけど、いいよ、先におばちゃんの赤ちゃんを見つけてあげる。ね？」

「うん……」と兄はもううなずきもせず、消え入るような声で言った。

彼女はボーフレーの頭を撫でながら二人に言った。

「ありがとう」

「おばちゃん」と妹が言った。

「なあに?」

「足が泥だらけ」

「そうね」

台所から外に出ると、三人は井戸のところに行った。彼女は日だまりにぽつんと残されていた椅子を引きずってきて、井戸の前に置いた。兄と妹がポンプを押した。勢いよく水が溢れ出し、ラジオから流れるのをやめない悲しいメロディーと混じりあいながら、差し出された彼女の足を濡らした。日だまりを濡らしながら水が草の上に広がっていった。手を伸ばそうにも、大きなおなかが邪魔で、彼女は上体をかがめることができなかった。兄と妹はしゃがみ込むと、彼女の足をかいがいしく洗ってくれた。水は冷たく心地よかった。小さな手はせっせと嬉しそうに動いていたが、彼女の足指のあいだや爪のなか、踵のひび割れの奥にこびりついた黒い泥はなかなか取れなかった。

でも、わたしたちはできればそういうことはしたくなかった。

建設現場では作業が中断されたままだった。コンクリートの土台らしきものが雨水をためて作る薄汚い緑色の沼からは、錆びた鉄筋が立ち枯れした草木のように突き出していた。そこらに倒れた大きな鉄製の板やら柱は、クレーンでもそびえていれば、吊るされていた高いところから落下したのだと思ったかもしれない。その周囲には、飛び散った内臓のように、ねじれたワイヤーとか留め具とか、その他わたしたちには名前のわからない金属の物体が散乱していたから。

工事現場で働いていた人たち、遠目からだとみないちように肌色が浅黒くて彫りの深い顔をして見え、どの人も同じ悲しそうなまつげの長いくりくりした目をしているにちがいないと思えた作業員たちは、もうどこにもいなかった。

本当を言うと、ひとりひとりの顔のちがい、それどころか体格のちがいがわかるほど近くまで行ったことはないので、あの人たちの目にくすんだ悲しそうな光が宿っていたのか、そしてそこに濃いまつげが陰鬱な影を投げかけていたのかどうか、知らない。

現場で立ち働くその様子は、それがわたしたちが本当に見たことであるとしての話だけれど、丘の上からは、何かを建設しているというよりは、獲物に群がる蟻のように見えたことだろう。蟻たちは一時も休むことなくひどくせわしなさそうに動き回っている。なのに、まったく音がしない。それと同じで、作業員たちが立ち働く現場からは何も音が聞こえてこなかった。強風が吹いているのがわかった。でも風は自分自身の音までもどこかに、たぶん工事現場に置き忘れていた。

もしもわたしたちがこの目で本当に見たことであるならば、ときどき、張り渡された鉄骨から人が落ちていくのが見えた。

わーっとか、あーっとか悲鳴が聞こえてきてもおかしくなかったのに、何も聞こえない。だから作業は中断されることなく続いている。少なくともそう考えることは許される。許されると思う。

弟はしゃがんで足下から蟻をつまみ上げた。妹が目に近づけて、蟻が体をじたばたさせる様子を見つめていた。

「ほら?」

弟がさらに蟻を近づけた。妹の目に蟻を入れようとしているみたいだった。

思わず妹は、抱いていたぬいぐるみをぎゅうっとさらに強く胸に押しつけた。汚らしく黒ずんだ毛の塊から透きとおった日の光のなかに埃がもわわっと広がるのが見えた。

幼い妹が自分の子供のように抱きしめたそれが、本当にぬいぐるみなのかどうかは知らない。もともとはどんな色だったのか、たしかなのは、妹が見つけたときから汚かったということ。それでも妹は頬にすり寄せた。かまわず顔をうずめた。もともと何の動物だったのだろう。それとも人形? いずれにしても手足らしきもののない、黒い毛の塊。

弟が傷ついた蟻をさらに妹の顔に近づける。妹はさっと身をひるがえし、片方の肩を盾にして、わが身ではなく、腕のなかのぬいぐるみを守る。

「やめて！　ムクが泣いちゃうでしょ！」

だがムクは決して泣かない。泣くのは妹だ。妹の涙を、鼻水を、唾液を吸い込んで、ムクはどこまでも汚れていく。そして妹の前の持ち主の涙を、鼻水を、唾液を吸い込んですでにこんなにも汚れている。

蟻が弟の指のあいだでさらに身をよじらせた。まつげのようなものが一本、音もなく蟻の体を離れた。

そんなふうにもがくから足が取れちゃうのよ。おなかが破れちゃうのよ。

そして弟がそっと指を離した。蟻は落ちる。でもやっぱり何も音はしなかった。

いや、ちがう。

わーっとか、あーっとか悲鳴が空気をひき裂く音が聞こえた。

でもそれはわたしたちの声。誰も聞いていないかもしれない、わたしたち自身にもひどくよそよそしいわたしたちの声。

下を見たら、へんてこな具合に体をねじったまま蟻が、たぶん弟につままれていたものと同じ蟻だと思うけれど、何事もなかったみたいに歩いている。

でももうまっすぐには進めない。少なくなった足とゆがんだ体に運ばれて、仲間たちに頭をぶつけて別れを告げることもできないまま、たぶん行きたくもないところに連れて行かれる。

足が一本や二本や三本欠けていようが、首があさってだかそれよりもうちょっと近くだか遠くだかを向いてしまおうが、その壊れた蟻は、顎に沈黙を挟んでいるという点では、足ひとつ触覚ひとつ欠けていない仲間たちと何も変わらない。まったく変わらない。

足下にほかの蟻たちが現われるのを待った。

実際のところ蟻たちには、沈黙と飢えくらいしかくわえるものがないようだった。

これじゃあ、わたしたちといっしょね。

そう声に出してみることで、少なくとも沈黙だけは吐き出そうとした。

でも蟻たちの顎には後悔や恥はくわえられていないのかもしれない。

工事現場で働いていた人たちは、沈黙と飢え以外のものを持って帰ることができたのだろうか。できたはずだ。わたしたちの周囲は緑も水も豊かではなかったけれど、惜しみない日差しにあたためられて、ものがすぐにいやな匂いを出して蠅にたかられ腐る土地に生きる蟻たちのように、どの人も戦利品を持って帰巣したのかもしれない。工事現場には建物と呼びうるようなものは何も残されておらず、あるのはただその無残な残骸としか思えないものでしかなかったから、なおさらその印象は強かった。まるであの作業員たちは、何かを建設するためにではなくて、そこにもともとあった、きちんと形と色と重さを持ったものを解体し破壊するために、遠くからやって来たみたいだった。だいたい蟻が何かを作るなんて聞いたこともない。

いや、あった。それ以外のものは、もの言わぬ強靭な顎で食いちぎり、骨の髄まで余すところなく持ち去ってしまうのだとしても、例外があった。

もしも蟻たちが何かを作るとしたら、それは自分たちの巣だ。そしてあの作業員たちにとって、ここは、わたしたちの暮らすここは、帰るべき巣なんかじゃない。

「じゃあ、僕たちもどこかに行かなくちゃいけないの？」

弟が顔を上げて言った。眉根にしわが寄り、目が熱をはらんで濡れたように燃えていた。飢えのせいではないと思う。恥のせいではないと思う。

妹の目はびっくりしたように見開かれていた。ムクをぎゅうっと抱きしめたために舞い上がった埃が、すでに涙で潤んだ目の滑らかな表面にくっついてしまうのではないかと心配になった。

「ムクもいい？　ムクもいっしょに行っていい？」

ダメよ。ムクは置いていきなさい。

どうしてそんなことを言ったのだろう？

ダメよ。もともとあったところに戻してあげなさい。もとの持ち主に、本当のムクの持ち主に返してあげなさい。

どうしてそんなことが言えるのだろう？

驚いたことに、いつもだったら尻馬に乗って妹を困らせていたはずの弟が黙っていた。そして嘘をつかれるのは大きらいだけれど、逆のときにはまるでその意識のない子供らしく、みずからの気持ちの真実をつゆも疑わぬ口調で言った。

「だって、探しに来て、ムクがいなかったら、かわいそうだろ？」

でもどうしてそれが嘘だと言えるだろう？　弟の言葉のとおりにならないなんて誰に言えるだろう？

妹は納得できないようだった。そしてやはり驚いたことに、妹があらがったのは兄に対してではなかった。半べそをかきながら、そしてその涙を、さらに黒ずませ脂ぎらせることになるぼろ切れ、ムクで、ぐいっとぬぐい、叫んだのだ。

「じゃあ連れて行っちゃダメだからね！　おなかの赤ちゃんも置いてってよ！　絶対に連れて行っちゃダメだからね！」

忠実なムクがいなければ、妹は頬か額か顎をひどくすりむいていたことだろう。寝ているあいだに作った、そしてようやく腫れのひいた額のひどい瘤をまたふくれ上がらせていたことだろう。声を張り上げ、顔をしわくちゃのぐちゃぐちゃにして、この世のすべてに見捨てられたように、そして、あの工事現場みたいなみっともなくぞっとする寒々しい孤独にみずからを追いつめながら、泣きわめいていたことだろう。だが張り倒されて、土ぼこりのなかに突っ伏した妹の顔の下にはムクがいた。妹を守ろうと、すばやく身を滑り込ませたのだ。

倒れたままムクを頬に寄せて、妹はひとしきり泣いた。ムクはその熱い涙をまたもや受けとめ、悔しさと情けなさと悲しみのマグマで全身を焼かれ焦がされていた。二人は、妹とムクは、ますます離れがたくなった。

妹が泣きやむまで待った。

弟が妹に手を差し出し、妹はムクを持っていないほうの手を伸ばした。弟に引っぱられ立ち上がったものの、妹は顔をそむけ、腕のなかのムクだけを見つめていた。

それから、わたしたちは丘を工事現場から離れる方向に降りていった。

ずっと見ていたところで、いや、見ているから、目には廃墟に似たものしか映らない。だったら背を向けたとたんに、現場が活気を取り戻して工事が再開される。そんなふうにはならないのだろうか。嵐が立ち去り、日がふたたび濡れた樹皮や葉、草を乾かしはじめると、巣穴からぞろぞろと蟻たちが溢れ出してくるように、どこに隠れていたのか、まつげが長く瞳の大きな浅黒い作業員たちが姿を現わす。額に汗を流して、自分たちにはあずかり知らぬ巨大な建造物を完成させようと、そしてそうやって稼いだお金を家族のもとに送ろうと懸命に働いている。どうしてそうなってはいけないのだろうか。

でも背後からは、工事の音らしきものは聞こえてこなかった。

「ごめんな」

弟がそう妹に、あるいはムクに、あるいは妹とムクの両方に、言うのが聞こえた。声をひそめていた。そんな必要はないのに。

「あんなこと言って、ごめんな」

だが、あやまらなくてはいけないのは妹のほうだ。

返事をしない妹に、弟はさらに言った。

「でも、おまえもあんなひどいこと、言っちゃダメだよ」

「ごめんなさい」と声がした。

そうだ、あやまらなくてはいけないのは妹のほうだ。

いや、ちがう。たしかにそれは妹の涙声とそっくりだった。それでもなぜか妹の声ではないような気がした。ムクの声は聞いたことがなかった。なかったはずだ。

「置いてったりしないよ」と弟が妹に、あるいはムクに、あるいは妹とムクの両方に、言うのが聞こえた。「うん、約束するよ」

でもムクが何かを、わたしたちが答えなければならないようなことを、返答に窮するようなことを、一度でも言ったことがあっただろうか？　ムクは置いていかないでとは言わなかった。連れて行ってほしいとも言わなかった。それどころか何も言わなかった。ただ黙って、妹の涙を、恥辱を、恐れを、わがことととして、わがことだけのこととして受けとめていた。

すると、急にしおらしくなった声が不安そうに尋ねた。みずからの言葉を恥じ、心から後悔していた。

「でも、誰もいなかったら……せっかく探しに来たのに、いなかったら……」

「いなかったら……いなかったら……」

弟はそうくり返しながら、その先にどんな言葉が続くのか探していた。いや、ちがう。そうやって言葉のほうがやって来るのを待っていた。なぜなら言葉に近づこうにも、どこに身を潜めているのか、言葉はどこにも見当たらないのに、少なくとも弟はここにいるのだから。どこにも行かず、どこにも行けず、ここにいるのだから。そうだ、わたしたちはどこにも行く必要はないのだ。

「いなかったら……いなかったら……」

この撒き餌に引き寄せられて、言葉が現われるのを待っていた。でも、つられてのこのこと出てくるような警戒心の徹底していない言葉にろくなものはないのかもしれない。

そして幸運にも、それが幸運なことなのかどうかはわからないけれど、ともかく現われたのは、言葉ではなかった。それに現われたとしても、それがわたしたちの探していた言葉なのかどうかわからない。確かめようもない。だとしたら、現われたものがわたしたちの探していたものだったと信じてもかまわない。それはもしかしたらムクが、妹には言わず、そしてわたしたちにも内緒で、ずっと待っていたものかもしれない。

道らしきものはなかったけれど、迷うことはなかった。丘を降りたところに、その集落はあった。金属製のフェンスに周囲をぐるりと囲まれていた。といっても、本当にまわりをぐるりと回って確かめたわけではないので、どこかで途切れているのかもしれない。集落は巨大だった。こういうものを放棄せずに作り上げる人たちが、どうして工事を完成させることができないのかよくわからなかった。あるいは集落そのものもまた実際には完成していないのかもしれない。途中で放棄されたのかもしれない。最後まで行ったのか頓挫したのかはともかく、いずれにしてもそこが放棄された場所であることだけは間違いなかった。誰もいないのだから。

フェンスはすっかり錆びていたけれど、まだまだ頑丈だった。弟はよく冗談で、網目に手と足をかけてフェンスを登った。

ところが乗り越えることはできなかった。あまりに高いから？　いちばん上にはとげとげのついた針金がぐるぐると渦巻きながら張られていたから？　弟はそこまで行き着かなかった。いつもなぜだか途中から急に怖じ気づいた。たいして高いところにいるわけでもないのに、下を見るのも恐ろしく、その場から動けなくなるのだ。

はたから見ると、その姿はあたたかい壁の表面に張りついてひなたぼっこしているトカゲそっくりに見える。背中に太陽が照りつける。体がぽかぽかしてくる。弟の肩の付け根のあたりがむずむずするのがわかる。背中からいまにももぞもぞ何かが生えてきそうだ。翼？ そしたら弟はもうどんな高いところにいようともへっちゃらだ。むずむずもぞもぞする場所に力を集中する。太陽が力を貸す。でも何も生えてこない。大きくなるのは不安ばかり。もしかしたらあの日だまりにじっとしているトカゲたちは怯えているだけなのかもしれない。体をあたためているのではなくて、恐怖にすくんでいるだけなのかもしれない。太陽は翼を与えることで空へ舞い上がらせ自分の近くに招き寄せようとしているのではない。遠ざけているのだ。鋭い日差しがトカゲたちを釘付けにする。太陽に刺し貫かれ、フェンスにピン留めされた弟の背中にじわじわと汗がにじんでくるのがわかる。よくわかる。恐怖はやって来たときと同じく突然立ち去る。不意に雲が太陽を隠すとき、弟は、そしてわたしたちもまた、恐怖から解放される。だが恥辱だけは皮膚の裏側にいつまでも残りつづける。弟はふとわれに返り、急いでフェンスから、さっきまでの怯懦が嘘のようにぱっと地面に飛び降りる。みっともなく埃が舞い上がる。埃の一粒ひとつぶは光の針をかわすことはできても、狙わずしても狙うまいとしてもすべてに命中してしまう時間をかわすことはできず、ことごとく撃ち落とされ、土に帰る。もとあった場所だか少しずれた場所だかに落ちる。

フェンスのどこに破れ目があるのかは知っていた。そこをくぐってなかに入った。木でできたバラックがいくつも並んでいた。どれもこれも同じ恰好をしていた。大きな扉が正面にひとつあるだけで、窓はなかった。宿舎というよりは、大きな物置小屋みたいな感じがした。しんと静まり返っていたから、こんなところに人がたくさん住んでいたことがますます不思議に思えた。風が吹くと、土ぼこりが舞って目を閉じなければならなかった。まぶたを閉じるように鼻も閉じることができたら、どんなによかったことだろう。でも手で鼻を覆うまでのほんのわずかなあいだに、鼻のなかに、そして体のなかに、ぞっとするようないやな匂いはもう入りこんでいる。まるでふだんは小屋から地面まで、集落の表面はすっぽりと見えないシートで覆われているかのようだった。風が吹くたびに、それがめくれ上がってしまい、下に抑え込まれていたものすごい匂いがむき出しにされるのだ。集落に人がいたときは、その人たちが重しになって、どんな強い風が吹こうとも、シートがめくられることはなかったのかもしれない。でも、これは作業員たちの体が残していった匂いではないのだろうか。目を閉じているあいだに、まぶたの裏に、たぶん作業員たちだと思うけれど、ひょろっとした暗い人影が長い列を作って並んでいるのが見えた。肩と肩がこすれるくらい身を寄せあって立っていた。そんなにやせていては、いくら何十人いたところで、たいした重しにはならないように思えた。影のように暗いのは、あたりが、まぶたの裏側が、暗いからではなくて、その人たちがどうしようもなく汚れているからだ。蛇口の数の限られた洗い場に悪臭をこびりつかせた体を洗いに行く列なのだろうか。それともむしろ、列の先には、すでに屎尿の溢れ出した便所代わりの穴が口を開けて彼らを待っているのだろうか。蛆がぐじゃぐじゃと動きやまない模様を描く、血の色も混じったどす黒い穴が見えそうになって、思わず目を開けた。

「くさいね」

地面とにらめっこして、ひとしきりゲエゲエやっていた弟が顔を上げて言った。口の端からよだれが筋を引いて輝いていた。

「死ぬかと思ったよ」

口元をぬぐいながら、弟は横に立った妹を探るような目つきで見た。

もちろん、妹は吐きもしなかったし、臭いとも言わなかった。匂いの侵入を防ぐために顔をムクにぎゅっと押しつけて鼻と口を隠してもいなかった。けれど、もしも本当にその匂いが妹には感じられないなら、そして感じないと言いはるつもりなら、ムクに顔をうずめてもよかったのだ。なぜなら、その匂いはムクの匂いでもあったからだ。丘から風が駆け下りて、集落の表面を覆うシートをめくったりふわりと持ち上げたりするとき、わたしたちはムクにもその匂いがしていたことを思い出した。そんな匂いをしみつかせているなんて、まるでムクはずっとシートの下敷きになっていたみたいだった。実際、ムクはバラックのひとつのなかに落ちていたのだから、風が吹いてシートがめくれたはずみに、ぽろりとこぼれ落ちるようにして、わたしたちのもとに現われたのかもしれない。そうだ、きっとそうやって妹はムクと出会ったのだ。でもどうして集落の匂いにはいつまでも慣れることができないのだろう、ムクの匂いには慣れることができたのに？

いや、慣れてなんかいなかった。

だから眠っているあいだに妹からムクをそっとひき離そうとした。こっそり取り上げて、この腐敗臭の塊を洗おうと思った。

けれど妹はずっとムクといっしょだった。絶対に離そうとしなかった。

「誰もそんなもの取りゃしないよ」

妹を説得しようと弟は言った。そしてやっぱり口を滑らせずにはいられないのだった。

「そんな汚いもの誰も欲しがらないよ」

だが、妹は納得しなかった。そんなことを言う自分の兄が心の底では、ムクには本当の持ち主がいると思っていることを知っていた。ムクが自分のものではないことは妹自身が誰よりもよく知っていた。そしていつか本当の持ち主がムクを探しに来るかもしれないとわたしたちが思っているのが耐えられなかった。いつか本当の持ち主がムクを取り返しに来るのを何よりも恐れていた。だからムクを離そうとしなかった。

「ムクは、あたしとずっといっしょにいたいよね」

妹はおぞましい匂いを取り戻したムクに、それでも臆せず顔をうずめて、ムクの耳だかどこだかわからぬ場所に口をつけて、ささやいた。

ムクは答えなかった。

絶望した妹はムクを振り上げて、ベッドに叩きつけた。不当な扱いに抗議するように、埃がもわわっと舞い、ぞっとするような匂いが妹を遠ざけようとした。それがしゃくにさわったのか、あるいはそうすればしみついた匂いが消えるとでも思ったのか、妹はさらに何度も叩きつけた。それでもムクの手だか足だか胴体だか知れぬ場所を握ったまま絶対に離そうとしなかった。しかし本当の持ち主に同じことを尋ねられたとしても、ムクには同じ答えしかできなかっただろうとは思いも寄らないのだった。

「そんなことしてたら、ムクを連れて行けなくなっちゃうぞ」

弟は妹が泣きやむのを待ってから言った。そしてこちらをちらりと一瞬見やると、なだめる口調で続けた。

「そんな匂いがしてたら、ムクを連れて行けないよ。そんな匂いがしてたら、おなかの赤ちゃんによくないだろ？　な？」

妹はさらにムクを体にぎゅっと押しつけて、ひどい悪臭とさらにひとつになるだけだった。妹は絶対にムクを離すまいとした。洗わせまいとした。まるで妹はムクを自分のものに、自分だけのものにしたくてたまらないのに、その一方で同じくらい、いや、それ以上に、ムクがもとの持ち主のものだという事実を忘れまいとしているようだった。ムクを洗い清めることは、汚れを落とすことだけでなく、汚れをつけたもとの持ち主の記憶までもムクから取り除いてしまうことになりかねないと思っているみたいだった。ムクというすでに十分に脂じみたもじゃもじゃの毛の塊に、妹があんなにも顔をこすりつけるのは、自分の涙を、鼻水を、唾を、ときには血までも、塗り重ねることによって、もとの持ち主の涙と鼻水と唾と血が決して失われないようにするためなのかもしれない。

だから、妹の意志はかたく、眠っているときであろうが、ムクを絶対に離そうとしなかった。薄汚くて悪臭を放つくしゃくしゃのぼろ切れのようなムクは、妹の眠りの核そのものだった。たとえそれが悪夢の塊であったとしても、眠りであることには変わりない。

妹がすやすやと寝息を立てているのを確認した弟がムクをつかみ、引っぱった瞬間、妹は耳をつんざくような悲鳴を上げた。くるったように手足をバタバタさせた。ムクを取り上げるどころではなかった。妹の体がばらばらになって、ムクと同じようにどこに手、足、頭があるのかわからない姿になりかねない。そんな激しさで妹の体は暴れるのをやめなかった。妹を抱きしめ落ち着かせようとする弟の腕にがぶりと噛みついた。カッとなった弟は妹を床に投げ飛ばした。そのせいで妹は額に大きなたん瘤を作ることになってしまった。だが、もうムクを取られることがないと眠りのなかでもわかったのか、床に倒れた妹はムクを胸にかきいだいたまま体を丸めて、ぴくりとも動かなかった。

驚きと怒りで、はあはあと肩を上下させながら、弟が吐き捨てるように言った。

「おまえ、よく眠ってられるよな」

妹は答えなかった。

「あんなのを見たあとで」

そう言うと、弟は眠れずに充血した目をこちらに向けてきた。

だが、わたしたちは何を見たのだろう？　その日、何か特別なものを見たのだろうか？

いつもと同じだった。

その日もまた、バラックが整然と立ち並ぶ集落をぐるりと囲むフェンスの外側に人々が集まってくるのをわたしたちは見た。

女の人たちだった。だいたいがお母さんだった。年取ったお母さんに、若いお母さん。年取ったお母さんの息子がフェンスの向こうに立っていた。若いお母さんが手をつないだ小さな子供のお父さん、胸に抱いた赤ちゃんのお父さんがフェンスの向こうにいる。そうした幼子たちのお兄ちゃんがフェンスの向こうにいる。たぶんいる。フェンスに張りつくように立って、なかに目を凝らしていた。額に手を庇のようにかざしていた。

それくらいのことで見たいものが見えるようになるのだったら、わたしたちもいくらでも手をかざしてあげる。

でも絶対にそんなことにはならない。

もちろん、わたしたちはそんな意地悪なことは言わなかった。

そしてフェンスのどこが破れているのかも教えてやらなかった。

訊かれたら教えてあげたかもしれない。でも訊かれなかった。それに訊かれても言葉がわからないのだから、何を訊かれていたのかわかるはずもない。

どうしてそんな嘘をつくのだろう。

わかっていたはずだ。言葉がわからなくても、そして尋ねられなくても、お母さんたちが、年取ったお母さん、若いお母さんが何を望んでいるのかはわかっていた。若いお母さんに手を引かれた子供たちが望んでいることは、そして彼女の胸に抱かれた小さな赤ちゃんがたぶん言葉はまだ知らないけれど、そしてすやすやと眠っていたけれど、それでも望んでいたことははっきりわかっていた。泣き声が漏れてこなくても、押し殺した嗚咽が聞こえてこなくとも、凍りついたような顔が、思い詰めたまなざしが何を意味するかは、言葉などなくても理解できた。

何もできないし何もしない自分自身が腹立たしいのか、弟は妹をこづいた。兄とちがって腹いせにこづく相手のいない妹は泣いた。ムクに泣かれ、ムクがいることに気づかれるのを恐れて、ムクをこづくことはできなかった。

ムクを隠すように妹はうずくまり、フェンスの前に立ったお母さんたちに背を向けて、しくしくと泣いた……。

「あんな小さな子だって泣いてなかったんだぞ」

ひとしきり泣きわめいたあと、額に大きな瘤をこしらえてもかたくなに目を開けず、木の冷たい床に横たわったまま眠っている、眠ったふりをしている妹に弟はひどく憤慨した口調で言った。

そしてきょう、わたしたちはまた見た。

わたしたちはいつものようにフェンスの割れ目から集落に忍び込んだ。あたりを満たしている静寂をかき乱さないように慎重に。

そしてわたしたちは、どれもこれも同じようにそっくりなバラックのそばの日だまりに立ったまま、じっと待っていた。

風は吹いていなかった。いくら吹いたところで、丘の向こうの工事現場に打ち捨てられた鉄骨やワイヤーやその他の材料はびくともしないだろう。

フェンスの外側に人影が現われはじめた。わたしたちを呼んでいた。呼ばれた気がした。妹はムクをぎゅっと抱きしめると不安そうなまなざしで顔を上げた。弟は大丈夫だよと小さくうなずき、フェンスに向かってすたすたと歩き出した。妹は慌ててあとを追った。

「ねえ、それ見せて」

フェンスの外側に立っていた幼い男の子が妹に言った。男の子の声は小さく震えていたけれど、そこには何のためらいもなかった。それどころか有無を言わせぬ強い確信に満ちていた。

男の子は妹と同じくらいの背格好をしていた。妹と同じくらいひどくやせていた。

妹は弟のうしろに隠れて、ムクをその男の子の目から遠ざけようとした。

やせているために気持ちの悪いくらい大きな目いっぱいに喜びの光を浮かべて、男の子が言った。喜びすらもかかえるには重すぎて、目玉ごとこぼれ落ちてしまいそうだった。

「それ、ボーフレーだよね?」

「それ、ボーフレーだよ。僕のボーフレーだ」

妹は弟のうしろにしゃがみ込んだ。何も言わず、ボーフレーと本当の名前で呼ばれた脂じみた黒い塊を胸に抱いたまま、下を見つめていた。妹の視線にかき立てられるように、乾燥した白い地面には埃が舞っていた。男の子と妹の板ばさみになったムクはどうしていいのかわからず、その顔とも尻ともつかぬ部分をがくりと垂れたまま、妹の腕のなかでぷるぷると震えていた。弟もまたどうすべきなのか意を決しかね、妹の前に立ちつくしていた。でも顔を上げて、男の子ではなく、その横に立ったお母さんを、赤ん坊を胸に抱いたお母さんの顔をまっすぐに見つめた。その視線が気に入らなかったのか、そしてボーフレーのみならず、母のまなざしも奪われまいとしてか、男の子は母を見上げて訴えた。

「ママ、だってあれはボーフレーだよ。ママだってわかるでしょ? あれはパパが僕にくれたボーフレーだよ。僕が赤ちゃんに、僕の妹にあげるボーフレーだ。そうだ、絶対にボーフレーだ。絶対に！」

妹の胸のすがりついた黒い毛むくじゃらのぼろ切れがさらに激しく震えた。

「返せ！　返せ！　僕のボーフレーを、僕がパパからもらったボーフレーを返せ！」

男の子の突然の大声に驚いたのか、お母さんの腕のなかにいた赤ん坊が泣き出した。

お母さんは腕のなかの赤ん坊に顔を近づけて、何かやさしくささやいていた。

「返せ！　返せ！」

男の子は赤ん坊の声に負けじとさらに大きな声で叫んだ。だが、そんな必要はなかったのだ。赤ん坊の声は、聞いていてつらくなるほどにか細く弱々しかった。男の子の目からは涙が溢れ出し、頬に流れ落ちていた。

弟は意を決したように、妹に振り返った。妹はもう立ち上がっていた。フェンスのすぐ近くにまで顔を近づけていた。そしてフェンスの網目に手を突っ込んで、ひどく汚れてひどい匂いを放つ黒い塊を差し出していた。

妹は泣いていなかった。さっきその黒い塊を、ボーフレーを、返せ、返せ、と叫んだときの男の子そっくりの真剣な、ひどく思いつめた顔つきになっていた。

男の子は黙り、その場に凍りついたようになっていた。差し出された妹の手に、手を伸ばすことなく、急に不安そうな表情になって、お母さんを見上げた。

お母さんは、まだ泣きやまず、だが体をじたばたさせる元気もない赤ん坊をしっかりと抱いたまま、しゃがみ、片手を伸ばして、妹の手から黒い毛の塊を受け取った。

そして、それで、そんな汚いもので、赤ん坊の顔をぬぐった。

ちがう、ちがう。それは嘘だ。妹はムクを、ボーフレーと呼ばれてしまったムクを返してなどいない。

どうしてそんな嘘をつくのか。

立ち上がった妹は、男の子の叫び、赤ん坊のいまにも途切れそうな、そして途切れてしまえばもう二度と耳にすることができなくなるのではないかと不安になるような泣き声に背を向けて、返せ、返せ、僕がパパからもらった僕のボーフレーを返せ、と声のかぎりに叫ぶ男の子と同じくらい必死の形相で、ムクを、ボーフレーではなくてムクを握りしめ、走っていた。フェンスから遠ければどこでもいいのだといわんばかりに逃げていた。でも、そんな必要はなかったのだ。男の子も、赤ん坊をかかえたお母さんも、そしてどんなお母さんたちもフェンスに遮られ、わたしたちのところにやって来ることはできないのだから。弟が妹のあとを追いかけていた。いつもならあっという間に妹を抜き去る弟が、迷いに足をからめとられて、妹からどんどんひき離されていった。弟の顔はひどく苦しそうにゆがんでいた。罪悪感と恥の念で黒ずんでいた。

「よおおし、よおおし」

母親が赤ん坊をあやす声が聞こえた。

いや、聞こえなかった。

聞こえても聞こえなくても胸の苦しみに変わりはなかった。

きょうもまた夜が訪れた。昼間の出来事のせいで、ふだんよりも少しだけ大きく感じられた。あるいは、わたしたちが、単に体でもなければ単に心でもなく、でもとにかくわたしたちが、少しだけ小さくなってしまったのかもしれない。でもそれは本当に夜だったのだろうか。どこからかわたしたちのところにやって来て、わたしたちをのみ込んでしまったそれは、夜よりは少しだけ大きい。

ムクと同じ色をしたその奥底で、弟が妹にささやいた。

「おまえ、どうして返してあげなかったの？」

眠りの核となったムクを全身で包み込むように体を丸めて、すうすうと寝息を立てて眠る妹の代わりに、いったい誰が答えられるだろう？

どこに自分の口があるのかもわからないムク？

それともまだ、妹にお礼を言おうにも、口すらもできていない胎児、わたしのおなかのなかの赤ちゃん？

生まれてくる赤ん坊の涙を、鼻水を、涎を、排泄物を、そして傷から流れる血と膿をぬぐってあげるために、ムクを返してやることができなかったのだ。そんなものでしかぬぐってやれないのだとしても。

弟は、あの男の子のことを、父からもらったボーフレーを奪われた男の子のことを、いまにも途切れそうなか細い声でしか泣けない赤ん坊のことを、その衰弱した赤ん坊を腕にしっかりと抱きしめ、いとおしそうに何かをささやいていたお母さんのことを思っている。忘れたくても忘れられない。そのかたわらで、妹はすうすうと寝息を立てて眠る。だがその眠りの果実はすでに傷つき、腐敗している。妹からすべてを委ねられたムクは、妹の頬をつたって落ちる、罪と恥で重くなり鉛色になった涙を吸い込み、さらに黒ずむ。小さなムクは、夜よりも、夜よりも大きいものよりも、さらに黒ずむ。
でも、わたしたちはできればそういうことはしたくなかった。

初出

まよなかのこどもたち
「真夜中」No.2（二〇〇八年七月）

蟻の列がほどけるとき
「早稲田文学」3号（二〇一〇年二月）

母さんのピアノ
「すばる」二〇一〇年一月号

柵から遠いところで
「真夜中」No.3（二〇〇八年十月）

流れに運ばれまいとするもの
「すばる」二〇一〇年三月号

Un grand bruit（「大きな音」フランス語訳）
PO&SIE, numéro 102, janvier 2003

大きな音
「新潮」二〇〇二年八月号

きにだかれたあかんぼう
「真夜中」No.4（二〇〇九年一月）

ムク
「新潮」二〇〇五年十二月号

ひだまりのなか
「真夜中」No.1（二〇〇八年四月）

でも、わたしたちはできればそういうことはしたくなかった
「三田文学」No.101（二〇一〇年春季号）

単行本化にあたり、加筆・訂正を行ないました。

装画　西川真以子
装幀　仁木順平

小野正嗣（おの・まさつぐ）

1970年大分県生まれ。2001年『水に埋もれる墓』で朝日新人文学賞、2002年『にぎやかな湾に背負われた船』で三島由紀夫賞を受賞。著書に『森のはずれで』、『マイクロバス』、『線路と川と母のまじわるところ』、『浦からマグノリアの庭へ』。訳書にV.S.ナイポール『ミゲル・ストリート』（小沢自然との共訳）、エドゥアール・グリッサン『多様なるものの詩学序説』、アミタヴ・ゴーシュ『ガラスの宮殿』（小沢自然との共訳）、ポール・ニザン『アデン、アラビア』、マリー・ンディアイ『ロジー・カルプ』など。

夜よりも大きい

2010年10月5日　初版第1刷発行

著者　小野正嗣

発行者　孫 家邦
発行所　株式会社リトルモア
〒151-0051 東京都渋谷区千駄ヶ谷3-56-6
TEL: 03-3401-1042　FAX: 03-3401-1052
info@littlemore.co.jp　http://www.littlemore.co.jp

印刷・製本　凸版印刷株式会社

ISBN 978-4-89815-298-0 C0093